KB076865

캡틴 마블: 스타포스 온 더 라이즈

캡틴 마블: 스타포스 온 더 라이즈

1판 1쇄 발행 2019년 3월 8일

지 은 이 스티브 벨링
옮 긴 이 김지윤
감　　수 김종윤(김닛코)
펴 낸 이 하진석
펴 낸 곳 ART NOUVEAU
주　　소 서울시 마포구 독막로 3길 51
전　　화 02-518-3919
I S B N 979-11-87824-47-3 04840

차 례

과거

CHAPTER 1

"내가 말하려는 건, 우리가 이 모양인 건 바로 반짝이주먹 너 때문이란 거야."

비이스는 진흙 속에서 웅크리고 앉아 있었다. 갈색 눈동자는 그녀를 탓하며 노려보는 미네-르바를 뚫어지게 바라보고 있었다. "잠깐, 지금 뭐라고 했지? 어떻게 이게 내 잘못이야? 그리고 대체 언제까지 나를 '반짝이주먹'이라고 부를 건데?" 미네-르바의 비아냥과 빈정거림을 무시한 지는 오래였다. 비어스가 아무리 노력한다고 해도 크리의 최정예 부대인 스타포스, 그곳에서 함께 부대끼는 동료 전사의 존경을 받을 수는 없을 것 같았다. 지금 당장은 신경 쓰지 않기로 했다.

미네-르바는 코를 찡그리며 입을 씰룩거렸다. 미네-르바를 아는 사람이라면 지금 그녀가 할 말이 많고, 곧 쏟아내려 한다는 것을 분명 알 수 있었다.

바로 그때 총격이 시작되었다.

더 정확히 말하자면, 그들이 발각된 이후로 거의 일정하게 계속되던 총격이 다시 시작된 것이었다.

미네-르바는 레이저가 발사되는 소리에 맞춰 고함을 질렀다. "지금 우리의 상황을 보면 말이지, 내가 널 충분히 '반짝이주먹'이라고 부를 수 있다고 생각하는데." 그리고 나중에 뭔가 생각난 듯이 덧붙였다. "내가 생각한 다른 뭐라고도 부를 수 있겠지."

비어스는 대꾸하려다 꾹 참고는 눈을 굴리며 앞에 있는 진흙투성이 벽으로 기어올라 흙 도랑 꼭대기로 올라갔다. 그녀와 미네-르바가 바로 몇 분전에 뛰어내렸던 곳이었다. 가장자리에서 내려다보니 약 100여 미터 떨어진 곳에 스크럴 군인 여덟 명이 비어스와 미네-르바를 찾아다니고 있었다.

그들은 모두 라이플과 패검, 수류탄 등으로 빈틈없이 무장하고 있었다. 그들의 위쪽 상공에는 또 다른 스크럴이 호버크래프트를 타고 엄중히 감시하고 있었다.

스크럴들의 라이플에서 레이저 광선이 쏟아져 나왔다. 비어스는 레이저를 피해 진흙투성이 언덕을 포기하고 도랑 아래로 떨어졌다. 미네-르바는 레이저 광선이 머리 위의 공기를 태우기 전에 비어스가 몸을 숙였다고 생각했다. 하지만 사실 비어스는 폭발음이 들리기도 전에 바닥에 부딪혔다. 미네-르바는 내키지 않았지만 자신의 동료를 인정해야 했다. 미네-르바가 비어스를 못마땅하게 생각하는 것과는 별개로 비어스가 놀라운 반사 신경을 갖고 있다는 사실은 분명했다.

"저 위에 지금 몇 명이나 있지?" 미네-르바가 무기에서 탄창을 꺼내며 물었다. 그녀는 벨트에서 탄창을 꺼낸 뒤, 뒤집어 무기의 격실에 세차게 집어넣으며 장전했다.

그러자 무기는 곧바로 윙윙거리는 고음을 내면서 발사할 준비가 되었음을 나타냈다.

"여덟 명." 비어스가 말했다. "대충 그 정도야."

"이쪽으로 더 오고 있겠지." 미네-르바가 덧붙였다.

비어스가 끄덕였다. "의심의 여지없이."

"잠깐만. 우리… 우리 지금 서로 의견이 일치한 거야?" 미네-르바가 물었다.

비어스가 씩 웃으며 말했다. "안타깝게도 그런 것 같아. 장담컨대 그 사실에 나보다 더 화난 사람은 없을 거야."

CHAPTER 2

한 시간 전만 해도 모든 것이 시계 장치처럼 순조롭게 돌아가고 있었다. 미네-르바와 비어스는 두 명이 탑승할 수 있는 소형 크리 전투기를 타고 아포스 프라임 주위의 우주 공간으로 진입했다. 전투기의 외부에 있던 덩치 큰 무기는 제거한 상태였는데, 이는 스크럴의 추격을 피해 달아날 수 있을 만큼 충분한 추진력을 갖춘 엔진을 추가하기 위해서였다. 스크럴들은 아포스 프라임이라는 이름의 행성 자체는 물론 주변의 우주 공간까지 지배하고 있었다.

크리의 전투기는 놀라운 속도 덕분에 발각되지 않을 수 있었다. 하지만 이를 위해 전투기는 일반적인 우주선보다 더 빠르게 움직여야 했고 그 속도를 유지하면서 아포스 프라임의 대기권에 진입해야 했다.

전투기는 순항 속도보다 훨씬 빠르게 초고층 대기로 들어갔다. 보통 그들이 탑승한 것과 같은 종류의 우주선이라면 진입 속도를 늦추기 위해 역추진력을 가한 뒤 대기가 일종의 자연적인 제동장치 역할을 하도록 이용하는 방법을 쓴다. 하지만 비어스와 미네-르바는 그런 사치를 부릴 수가 없었다. 스크럴들에게 그들의 존재를 알려주고 싶지는 않았으니까.

대기권에 진입하면서부터 전투기는 계속해서 거세게 흔들리고 부딪혔다. 이 상황을 꽤나 명백하고 절제되게 표현하자면 미네-르바와 비어스가 잘 어울리지 못했다는 것과 비슷하다고 할 수 있었다. 처음에 우주선은 대기권을 스치면서 튀어 올라 거의 다시 우주 공간으로 돌아갈 뻔했다.

비어스는 조타 장치 앞에서 계속해서 모든 방법의 모든 단계를 제어하기 위해 씨름했다.

"욘-로그가 간단할 거라고 하지 않았어?" 미네-르바는 엔진이 뿜어내는 굉음 사이로 소리쳤다. 우주선이 흔들리면서 금방이라도 부서질 것 같은 소리가 온 세상에 울려퍼졌다.

"어— 어." 비어스가 소리쳤다.

"너 뭘 하는지 제대로 알고는 있는 거지?"

미네-르바는 의자에 앉으며 회의적인 듯이 물었다.

"당연하지. 난 뭐든지 비행할 수 있어." 비어스가 말은 허풍이 아니었다. 사실이었다. 스타포스에 합류한 이후로, 비어스는 다양한 분야를 섭렵했고, 각 단계를 거치면서 스스로를 증명해왔다. 전략에서부터 전장의 전술, 무기와 비무장 전투, 지상은 물론 공수 차량에 이르기까지, 언급할 수 있는 모든 부분에서 그래왔다. 비어스는 매우 훌륭했다.

미네-르바를 짜증나게 하는 것도 이것이었다.

크리의 전투기는 계속해서 아포스 프라임의 대기로 돌진했고 행성의 오존층을 뚫고 지나갔다. 전투기의 약점인 하부에 실려 있던 뜨거운 가스가 흩어지고 있었고 선체가 내는 소리가 줄어들어 당장이라도 구겨지거나 폭발할 것만 같았다.

다음 난계로 진입할 시간이었다.

스크럴의 감시를 피하려면 비어스는 반동 추진기를 착륙 속도보다 더 빠르게 유지해야 했다. 적의 폭격을 받을 위험은 피했지만 대신 아포스 프라임 행성에 추락할 확률이 높아진 셈이었다.

"좀 더 버텨봐." 비어스가 말했다. 전투기는 위 아래로 쿵쾅거렸다. "10초 안에 착륙할 거야."

"10초?" 미네-르바가 반박했다. "말도 안 돼! 너무 빨라. 우리 모두 죽을지도 모른다고!"

"모든 것이 가능하지" 비어스가 중얼거렸다. 그리고 좀 더 분명히 말했다. "버텨!"

이는 그저 가능한 일이었을 뿐만 아니라 가장 가능성이 높은 결과였음이 드러났다. 만일 비어스가 5초가 지나는 시점에서 추진기를 작동시키지 않았다면 우주선은 충돌하면서 폭발했을 것이다. 미네-르바는 뚫고 나갈지도 모른다고 생각했을 만큼 엄청난 힘으로 자신의 의자에 내동댕이쳐졌다.

미네-르바는 배가 목까지 올라오는 것 같은 충격을 느꼈다. 마치 우주선의 바닥이 무너지는 것 같았다.

우주선은 행성의 표면을 스치며 땅에 부딪혔다가 다시 튀어 올랐다. 마치 물수제비 뜨는 돌멩이 같았다.

우주선이 튀어 오를 때마다 비어스는 조종 장치를 앞으로 밀어서 뱃머리를 다시 아래로 기울였다. 그러면 우주선은 다시 한 번 바닥에 부딪히면서 또 위로 튀어 올랐다. 이런 패턴은 우주선의 속도가 완전히 줄어들 때까지 몇 초 동안 계속되었고 우주선은 마침내 진흙 둑에 처박히고 말았다.

"적어도 목숨은 건졌네." 미네-르바는 안전벨트를 풀면서 빈정댔다.

"와우, 정말 훌륭한 착륙이었어, 비어스. 그 누구도 이걸 해낼 거라곤 상상하지 못했어'라는 뜻이겠지." 비어스가 미네-르바의 바로 뒤쪽에서 충고하듯이 말했다.

"뭐야, 내가 감사라도 하길 바라는 거야? 정말?" 미네-르바는 벽에 걸린 무기 선반으로 가면서 말했다. 그녀는 라이플과 탄약 벨트, 휴대용 무기 등을 집어 들었다. 비어스 역시 그곳으로 가서 같은 걸 골랐다.

"방어 목적으로만 사용해야 해, 비어스." 미네-르바가 똑바로 바라보며 분명히 말했다. "욘-로그의 말, 잊지 마."

"네, 엄마." 비어스는 비꼬듯이 대답하며 무기들을 동여맸다. "그리고 고맙다는 말이 불가능한 건 아닐 텐데."

"너한테 고맙다고 말하는 건 아닌데." 미네-르바는 단정적으로 쐐기를 박으며 말했다. "지금은 물론이고 앞으로도 영원히."

"고맙다고 하게 될걸."

미네-르바는 아무 말도 하지 않았지만 비어스는 계속해서 말했다. "진심이야. 이 임무가 끝나기 전에 네가 나한테 고맙다고 할 거야. 내기해도 좋아."

"지는 걸 즐기나 봐." 미네-르바는 이렇게 말하고는 우주선의 출구로 향했다.

CHAPTER 3

임무 브리핑을 시작하고 채 일 분도 지나지 않아 비어스는 질문을 하고 있었다. 모든 것은 충분한 가능성을 갖고 시작했다. 답답한 회의실이라는 제한된 공간 안에서 스타포스의 총사령관인 욘-로그는 미네-르바와 비어스를 불러서 이인조 임무를 수행하도록 한 것이었다.

아포스 프라임에서의 활동은 어렵지 않아 보였다. 비어스는 임무를 두고 '식은 죽 먹기'라고 표현했다. 그녀의 이상한 표현에 동료들은 비어스가 비어스처럼 군다는 듯 어깨를 으쓱했다. 실제로 욘-로그는 그것을 '일상적인 정찰 임무'라고 설명했다. 크리의 정찰선이 멀리 떨어져 있는 행성인 아포스 프라임에서 스크럴의 활동을 보고해왔다. 정찰선은 적의 포격으로 인해 파괴되기 전에 다시 한 번 통신을 전송했다.

"생존자는요?" 비어스가 물었다.

"없어." 욘-로그가 대답했다. 냉정한 목소리였다. "스크럴들은 목격자를 남겨두지 않지. 그래서 너희 임무가 간단하다는 거야. 들키지 않고 아포스 프라임에 착륙한다. 그 행성에 포진하고 있는 스크럴의 세력을 확인하고 조사 결과를 보고하면 된다. 다음 행동을 계획할 수 있도록 말이야."

"조사해서 보고하라고요?" 비어스가 물었다.

"그렇다." 욘-로그가 저항에 대비하며 말했다. "보고만 하면 된다. 적들과 교전하는 것이 아니야."

"뭐, 우리는 적들과 교전하지 않을 수 있겠지만 그들은 분명 우리를 끌어들이려 할 텐데요." 비어스는 공격적으로 말했다.

"비어스…." 욘-로그가 그녀의 말을 끊었다.

"그나저나 이런 일에 왜 스타포스의 대원을 보내는 거죠?" 비어스가 물었다. "만일 이 임무가 정말로 그저 정찰 임무에 지나지 않는다면 왜 우리여야 하는 거죠? 앞뒤가 맞지 않아요."

"언제부터 우리가 명령에 의문을 제기하게 된 거지?" 미네-르바의 말투에는 빈정거림이 가득했다. "아니면 내가 브리핑에서 뭘 놓치기라도 한 건가?"

"난 명령에 의문을 제기하는 게 아니야." 비어스는 다소 변명하듯 말했다. "내 말은 그저 우리는 전사라는 거야. 우리는 전투를 하는 사람이지 정찰병이 아니야. 난 아니야. 이 일은 우리가 할 일이 아니라고." 비어스는 두 손을 앞으로 들었다. 순간적으로 그녀의 손끝에서 분출되는 포톤 블래스트가 나타났다.

미네-르바가 뭔가 더 말하려는 순간 욘-로그가 목을 가다듬었다. 그녀는 무엇을 말하려고 했던 간에 문득 그것을 입 밖으로 내지 않기로 했다.

"슈프림 인텔리전스가 내린 명령이다." 욘-로그는 문제에 대한 더 이상의 논의를 끝내겠다는 태도로 말했다.

비어스는 고개를 끄덕였다. "알겠습니다."

하지만 세 사람 모두 그녀가 납득하지 않았다는 것을 알고 있었다.

브리핑 회의실 밖의 복도에서 비어스는 앞으로 성큼성큼 걸어가는 미네-르바의 모습을 보았다. 미네-르바는 저격용 라이플을 마치 자신의 피부처럼 등에 바싹 붙여서 메고 있었다. 스타포스에 합류한 이후, 미네-르바는 가장 대하기 힘든 멤버였다. 그녀와는 진정한 친구는커녕 어느 정도 수준의 교류도 갖기 힘들었다. 아틀-라스와 코리스, 브론-샤 역시 나름대로 어려운 상대이긴 했지만, 그들은 비어스가 어떤 사람인지를 인정하고 팀에 보탬이 될 거라고 환영하는 것처럼 보였다.

하지만 미네-르바는 그렇지 않았다.

잠시 후 비어스는 뒤에서 인기척을 느꼈다. 뒤를 돌아보자 욘-로그가 있었다. "죄송합니다." 비어스는 진심으로 뉘우치는 것처럼 보이려고 노력하며 말했다. "명령에 의문을 가져서는 안 됐습니다."

욘-로그가 고개를 저었다. "자네는 뛰어난 전사야, 비어스." 그가 말을 시작했다. "훌륭한 전사의 자질을 갖고 있어. 하지만 모든 전사는 그에 어울리는 역할이 있다는 것을 알아야 해. 자네의 역할은 의문을 갖는 것이 아니야. 우리의 역할은 그런 것이 아니지. 우리 역할은 슈프림 인텔리전스의 명령에 따르는 거야. 크리 제국을 위해서."

"제국을 위해서." 비어스는 눈을 아래로 내리깔며 되풀이했다.

"이 임무는 자네가 아는 것보다 훨씬 더 중요해." 욘-로그가 덧붙였다. "아포스 프라임에서 스크럴 군대의 전력을 정확히 파악하는 것은 꼭 필요한 일이야."

"그들의 수가 왜 그렇게 중요한 거죠? 그들이 몇 명인가보다 무엇을 하는지에 대해 더 알려고 해야 하는 것 아닌가요? 더 좋은 건 그들이 하는 일을 완전히 막는 것이고요."

"그럴 때가 올 거야. 이 임무를 시험이라고 생각해."

"시험이요?" 비어스는 욘-로그의 말을 되풀이했다. 욘-로그는 비어스를 뒤로 하고 걸어갔다.

그의 말을 이해하는 데 몇 초가 걸렸지만 비어스는 이내 그 뜻을 알 수 있었다.

"저와 미네-르바를 시험하는 거군요, 그렇죠?" 비어스는 빠르게 사라져가는 욘-로그에게 큰 소리로 말했다.

"대답하지 않을 거야." 그의 대답이 어깨너머로 들렸다.

"그럴 줄 알았어!" 비어스가 소리쳤다.

욘-로그가 복도 끝에 다다르자 노란색 엘리베이터의 문이 열렸다. 그는 안으로 들어간 뒤 뒤돌아서서 닫히는 문 사이로 비어스의 얼굴을 보았다. 비어스의 상상일 수도 있지만, 그녀는 욘-로그의 엄격해 보이는 얼굴에 어린 옅은 미소를 보았다고 맹세할 수 있었다.

CHAPTER 4

"있잖아, 어떤 사람들은 자신과 팀원들을 독성이 있을 수도 있는 환경에 노출시키기 전에 그 행성의 대기를 확인하는 것이 지능이 있다는 신호라고 말하기도 하거든." 비어스가 미네-르바를 노려보며 말했다.

그녀의 동료는 통상적으로 해야 하는 대기질 확인도 하지 않고 해치 문을 열어버렸다. 다행스럽게도 아포스 프라임은 잘 알려진 행성이었고, 이곳의 환경에 대해서도 이미 이전에 차트로 작성되어 있었다. 크리 탐사선의 보고에 따르면 행성의 대기는 크리와 비슷해서 숨을 쉴 수 있었다. 하지만 스크럴들이 그곳에 거주한 이후로 어떤 일이 일어났는지 누가 알겠는가?

비어스는 화가 났다. 보통은 비어스가 그런 규칙을 어기는 쪽이었다. 비어스는 자신의 행동을 모방하는 팀원에 대해서 어떤 감정을 가져야 할지 몰라 복잡한 심경이었다.

"따라오고 있는 거야?" 미네-르바는 비어스의 말을 무시하고 해치 밖으로 나가면서 물었다.

"바로 네 뒤야." 비어스는 뛰어내리려고 하면서 소리쳤다.

그녀는 미네-르바가 우주선 밖에서 하는 말을 들었다. "그럼 걸음을—." 해치에서 뛰어내린 비어스는 배부터 땅에 떨어졌다. 몸이 진흙탕 위에 떨어지자 불쾌한 소리가 났다.

"—조심해야 할 거야." 미네-르바가 말을 끝냈다.

비어스는 일어서서 혐오스러운 표정으로 아래를 보았다.

머리부터 발끝까지 진흙으로 뒤덮여 있었다. 비어스는 미네-르바를 바라보았다. 그녀에게도 똑같은 일이 일어났다는 것을 알 수 있었다.

"천연 위장복이네." 비어스가 말했다.

미네-르바는 웃지 않았다.

"우리가 스크럴의 경보 장치를 울리지 않고 도착했을 확률이 얼마나 될까?" 비어스가 물었다.

"우린 초고속으로 왔어." 미네-르바가 오른손에 들고 있던 원반 모양의 장치에서 진흙을 긁어내며 말했다. "그들이 우리를 겨누고 있을 리가 없어. 스캐너에 뭔가 잡혔다고 해도 운석 정도로 생각했을 거야. 이 구역에는 그런 움직임들이 많아."

"그 말은 *거의* 고맙다는 말처럼 들리네."

"네 바람이겠지." 미네-르바는 시선을 여전히 손에 든 물체에 고정시키고는 이렇게 쏘아붙였다. 그녀는 그것을 몇 번 흔들고는 한숨을 쉬었다. "뭔가 잘못된 것 같군."

비어스는 미네-르바 쪽으로 다가가 어깨너머로 살펴보았다. 미네-르바가 들고 있던 물체는 정교한 추적 장치로 스크럴이 가진 고유의 DNA 특징을 감지할 수 있었다.

"뭐가 잘못된 거야?"

"작동시키려고 했을 때 프로그램이 완전 엉켜버렸어." 미네-르바가 고개를 저으며 말했다. "이제 완전 먹통이야. 방해하는 뭔가가 있었던 게 분명해."

"전파 방해 같은 게 있었다고 생각하는 거야?"

"말도 안 돼. 우리가 여기 있다는 걸 알 리가 없어."

"어허. 그럼… 만일 우리가 여기 있다는 걸 그들이 안다면?"

"난 네가 너무 훌륭한 조종사라서 우리가 왔다는 걸 그들이 절대 모를 거라 생각했는데." 미네-르바는 히죽거리며 비어스를 바라보았다. "그런데 그들이 어떻게 알겠어?"

"좋은 지적이야."

갑자기 미네-르바의 손바닥에 있던 추적 장치가 반짝이면서 작동되기 시작했다.

"신호가 잡혔어." 미네-르바가 말했다. 긴장한 목소리였다. "다수의 표적이야. 저쪽 방향에." 그녀는 고개를 들어 동쪽을 가리켰다. 추적 장치의 전원은 다시 꺼졌다.

"이 행성 자체의 무언가가 추적 장치에 영향을 주는 게 분명해." 비어스가 생각에 잠기며 말했다.

"멋지군." 미네-르바가 대답했다. "시작이 좋은데."

비어스는 왼쪽 장갑의 제어 시스템을 눌렀다. 진흙탕에 반쯤 몸을 묻고 있던 크리의 전투기가 잠시 반짝이더니 시야에서 완전히 사라졌다.

"우주선은 숨겼어." 비어스가 말했다. "움직이자. 적어도 방향은 아니까. 여기 있으면 나 좀 쏴달라고 광고하는 거나 마찬가지야."

"대체 그게 무슨 소리야?" 미네-르바가 물었다. "됐어, 관두자. 알고 싶지도 않아."

"다른 신호는 없어?"

미네-르바는 추적 장치를 바라보았다. 몇 분 전 밝은 빨간색이 번쩍인 이후로는 다시 깜빡이지 않았다. 그 신호에 따르면 적어도 그들은 옳은 길로 가고 있었다. 하지만 이 행성을 장악하고 있는 스크럴의 군대가 정확이 얼마나 되는지 알기에는 충분하지 않았다.

"아까 깜빡인 이후로는 아무 신호가 없어." 미네-르바가 대답했다. "어쩌면 그들의 본거지 근처로 가까이 가면 다른 신호가 올지도 몰라."

"그렇게 되면 그들이 얼마나 되는지 욘-로그에게 시각적 확증을 보내게 되겠지." 비어스가 말했다. "그리고 그렇게 가까이 다가가면 적과 교전해야 할 거야. 그건 너도 알고 나도 아는 사실이지. 그 외의 방법은 없어."

"넌 지금 싸움을 하려는 거야, 그런 거지?" 미네-르바가 말했다. "넌 언제나 너무 밀어붙여, 비어스. 꿈도 꾸지 마. 욘-로그 말 못 들었어? 교전하지 말라고 했잖아."

진흙투성이 협곡을 따라 터벅터벅 걸어가는 동안 비어스는 스스로에게 투덜댔다. 걸어가면서, 그녀는 부츠가 진흙 속에 들어갈 때마다 *슈욱* 하는 소리를 들었고 진흙 속을 나올 때는 *쩌억* 하는 소리를 들었다. 부츠가 공기를 빨아들이며 내뱉는 소리들은 비어스의 부아를 치밀게 하고 있었다. 어쩌다 미네-르바가 대장 노릇을 하게 된 거지? 자기가 뭐라고 욘-로그의 말을 앵무새처럼 재잘대며 내게 명령을 하는 거야?

비어스는 더 이상 견딜 수 없었다. 그녀는 마음속에 있는 생각을 말해야 했다.

"질문." 비어스가 고개를 돌려 동료를 바라보며 말했다. 미네-르바는 벌써부터 노려보고 있었다. "왜 나를 좋아하지 않는 거야?" 비어스는 자신이 이에 대해 조금이라도 신경 쓰고 있는 것처럼 들리는 것이 싫었다. 하지만 진심으로 궁금했다. 자신의 어떤 점이 미네-르바를 그렇게 날 서게 만들었을까?

미네-르바는 믿을 수 없다는 표정으로 비어스를 잠시 바라보았다. "왜 널 *좋아하지 않냐고?* 우리가 애들이야?"

이제는 비어스가 노려볼 차례였다. "봐봐." 그녀는 진흙 속으로 한발 내딛으며 말했다.

슈욱.

"아니." 미네-르바가 비어스의 얼굴 앞에 대고 손가락을 저으며 말했다. *네가* 봐. 넌 네가 할 일을 하는 거야. 나도 알아. 넌 팀의 자산이지. 욘-로그는 네가 스타포스에 뭔가 보탬이 될 거라고 생각해. 슈프림 인텔리전스도 그렇게 생각하고."

"그럼 넌 어떻게 생각하는데?" 비어스가 핵심을 찌르며 물었다.

미네-르바는 잠시 아무 말도 하지 않았다. 그리고 천천히 대답했다. "난 네가 소란을 많이 일으킨다고 생각해. 피해를 많이 입힌다고도 생각하고. 통제가 불가능하지. 그래서 넌 위험해. 나에게, 팀에게 그리고 네 자신에게조차. 네가 그런 본성을 억제하고 내 지휘를 따른다면 우린 이 진흙탕에서 벗어날 수 있을 거야."

그런 다음 미네-르바는 아무 말 없이 돌아서서 더러운 바닥을 계속 걸어갔다.

슈욱.

쩌억.

"좋아." 비어스는 자신의 동료의 등에 대고 말했다. "대화 즐거웠어."

CHAPTER 5

비어스와 미네-르바가 마지막으로 말을 한 지 한 시간이 흘렀다. 협곡에서의 대화 이후에 둘은 서로에게 말을 걸려고 하지 않았다. 그들은 미네-르바의 오른손에 들린 추적 장치에서 간간이 보이는 신호를 찾아 침묵 속에서 계속해서 진흙 길을 걸어갔다.

슈욱.

쩌억.

슈욱.

쩌억.

비어스는 이 행성의 모든 것과 마찬가지로 그 소리들도 단조롭다고 생각했다. 지금까지는 아포스 프라임에서 풍부해 보이는 것은 진흙과 흑토, 오물인 것 같았다. 뭔가가 특별히 더 많아 보이지는 않았다. 크리의 탐사선이 행성에서 가치 있는 천연 자원이나 생명의 흔적을 발견한 적은 없었다. 아포스 프라임은 정말이지 회전하는 커다란 진흙공인 것만 같았다.

스크럴들이 이런 곳에 관심을 가지는 이유는 미스터리였다. 아포스 프라임은 전략적인 가치를 지니기에는 너무 멀리 떨어져 있었다. 크리의 영역 경계에 접해 있는 것도 아니었다. 지표가 워낙 불안전해서 제대로 된 군 기지를 만들 수도 없었고 스크럴 우주선의 정거장이나 연료 보급소로 활용할 수도 없었다.

그런데 왜?

비어스의 머릿속에는 이런 질문들이 계속해서 떠올랐지만 뚜렷한 해답을 얻을 수는 없었다.

슈욱.

쩌억.

"조용." 미네-르바가 침묵을 깨고 말했다.

비어스는 순식간에 주의를 집중해서 미네-르바의 손에 들린 추적 장치를 보았다.

다이얼에 다시 불빛이 반짝였고 붉은 표적이 여러 개 나타났다. 비어스는 다이얼이 꺼지기 전에 재빨리 표적의 수를 세었다.

셋.

약 500여 미터 반경 안에 세 명의 스크럴이 있다는 뜻이었다. 비어스는 앞과 뒤, 양 옆 등 주변을 둘러보았다.

진흙밖에 보이지 않았다.

미네-르바는 비어스에게 자신의 옆에 쪼그리고 앉으라는 몸짓을 했다. 그들은 바닥 근처에 붙어서 속삭였다. "난 우리가 그들에게 먼저 총을 들이댈지 그들이 우리에게 먼저 총을 들이 댈지 모르겠어."

"그건 예감이 좋지 않은데."

미네-르바가 고개를 끄덕였다. "이 추적 장치는 무용지물이 야. 신호를 제대로 파악할 방법이 없어."

"눈으로 직접 봐야 할 것 같아."

"눈으로 직접 본다는 건 전투를 뜻하는 거야. 그건 임무의 한 계 밖이야."

"임무 한계는 방금 변경됐어."

미네-르바는 잠시 말을 멈췄다가 한숨을 쉬었다. "그런 것 같 아." 그녀는 마침내 이렇게 대답했다.

비어스는 진흙투성이 땅을 기어가서 언덕 위를 기어올랐다. 발이 끈적끈적한 진흙탕에 미끄러지는 바람에 참호로 거의 떨 어질 뻔했다. 비어스는 끙끙거리며 몸을 일으켜서는 계속해서 기어올랐다.

곧 언덕의 꼭대기에 도달했고 적들을 잘 보기 위해서 목을 바깥쪽으로 쭉 뻗었다.

세 명이었다. 그들은 비어스가 그랬던 것처럼 진흙을 기어오르고 있었고 대략 100미터쯤 떨어진 언덕의 꼭대기에 모습을 드러냈다. 비어스가 미네-르바에게 경고하려고 언덕을 내려오려는 순간 스크럴 하나가 고함치는 소리가 들렸다. "목표가 확보됐다!"

모습들, 비어스는 생각했다. 그녀가 진흙 표면 위에서 잠시 머뭇거리다가 곧 아래로 미끄러져 내려가자 스크럴들이 공격하는 소리가 들려왔다. 비어스는 참호에 착지했고 그곳에는 미네-르바가 기다리고 있었다.

그녀는 화난 표정이었다.

"들키지 말라고 했잖아." 미네-르바가 말했다.

"지금 그런 말을 할 때가 아니야." 비어스가 대답했다.

"어떻게 된 거지. 그들은 우리가 왔다는 것을 알고 있고 우리가 어디 있는지도 알고 있어." 미네-르바가 질책했다.

"그리고 우리는 그들이 이곳에 있고 어디에 있는지 알고 있지." 비어스가 지적했다.

미네-르바는 걱정스러운 듯이 말했다. "무슨 생각을 하는 거야?"

"우리가 그들에게 겁을 줄 수 있을 것 같아." 비어스가 오른쪽 주먹을 치켜들며 말했다.

"그만 둬. 너무 과해. 너무 빠르다고, 비어스. 욘-로그가 허락하지 않을 거야."

비어스가 미소를 지었다. "욘-로그는 여기 없잖아."

목 하부에 있는 포톤 배터리는 이미 그녀의 일부였다. 때로 떨림 등의 감각이 느껴지긴 했지만, 그보다는 부드럽게 이어지는 연속적인 존재에 더 가깝다고 할 수 있었다. 비어스는 배터리가 그 자리에 있다는 사실을 잊을 때도 있었다. 자주는 아니었지만 가끔은 그렇기도 했다.

하지만 지금은 확연히 느껴졌다.

이미 윙윙거리는 낯익은 소리가 들려왔고 목덜미에 난 머리카락 끝이 위로 솟아올랐다. 언덕 꼭대기를 올려다보자 라이플을 조준하고 있는 스크럴들이 보였다. 그들은 라이플을 발사했다. 광선이 비어스의 머리 옆을 스치고 지나갔다.

비어스는 완전히 일어섰다. 그녀는 양손을 주먹 쥐고 스크럴 쪽을 향해 두 팔을 뻗었다. 귀에서는 윙윙거리는 소리가 계속해서 들려왔고 그녀의 주먹에서 빛이 나기 시작했다.

포톤 블래스트가 그녀의 손에서 분출되었고 광선은 나노 초만에 그녀와 스크럴이 있던 언덕 꼭대기 사이의 허공을 가르며 날아갔다. 포톤 블래스트가 강타한 땅은 결정화되어 약 3미터의 구멍을 만들었고 스크럴은 광선에 날려갔다.

비어스는 그들 중 하나가 다시 발을 딛고 그녀를 향해 라이플을 겨누는 것을 보았다. 비어스는 두 손을 들어 그쪽을 향해 다시 광선을 발사했다.

스크럴이 서 있던 곳에 연기가 피어오르는 구멍이 생겼다.

비어스는 무릎을 꿇고 참호 안으로 다시 들어갔다.

"이 정도면 된 것 같아." 비어스가 자신 있게 말했다.

"세 명 다 처리했어?" 미네-르바가 물었다.

"하나는 확실해." 비어스는 깊은 숨을 들이쉬며 말했다. 그녀는 자신의 능력들을 사용할 때마다 왠지 모를 이상한 공허함을 느꼈다. 마치 충전을 필요로 하는 것처럼. "하지만 남은 녀석들은 우리를 다시 공격하기 전에 두 번 생각하게 될 거야."

미네-르바가 고개를 끄덕였다.

그때 멀리서 부드럽게 윙윙거리는 소리가 들려왔다. 비어스는 언덕 꼭대기를 바라보며 귀를 쫑긋 세웠다. 소리는 점점 크게 가까이서 들려왔다. 그녀와 미네-르바는 고개를 들어 하늘을 바라보았다.

스크럴의 호버크래프트가 그들의 위에 떠 있었다. 그들을 포격하기에 완벽한 위치였다.

"두 번 생각하기에는 너무 과한데, 반짝이주먹아." 미네-르바가 말했다.

CHAPTER 6

"저 위에 지금 몇 명이나 있지?" 미네-르바는 무기에서 탄창을 꺼내며 말했다. 그녀는 벨트에서 탄창을 꺼낸 뒤 뒤집어 무기의 격실에 세차게 집어넣으며 장전했다.

그러자 곧바로 무기가 윙윙거리는 고음을 내면서 발사할 준비가 되었음을 나타냈다.

"여덟 명." 비어스가 말했다. "대충 그 정도야."

"이쪽으로 더 오고 있겠지." 미네-르바가 덧붙였다.

비어스가 끄덕였다. "의심의 여지없이."

"잠깐만. 우리… 우리 지금 서로 의견이 일치한 거야?" 미네-르바가 물었다.

비어스가 씩 웃으며 말했다. "안타깝게도 그런 것 같아." 그녀가 말했다.

"장담컨대, 그 사실에 나보다 더 화난 사람은 없을 거야."

"분명 내가 더 화났어." 미네-르바가 무기를 들어올리며 말했다.

"이제 누가 더 화났는지 정해졌으니까 다음에는 뭘 해야 하지? 저들은 저 위에서 우리 위치를 파악한 상태야. 내가 놈들을 쫓아버릴 수 있긴 하지만 네가 날 엄호해줘야 해. 저 언덕에는 날 쏘고 싶어 안달이 난 스크럴이 여덟 마리나 있어."

"그들이 어떤 기분인지 알 것 같아." 미네-르바가 말했다. 비어스는 그녀가 농담을 하는 것인지 아닌지 확신하지 못했다. 미네-르바는 깊게 숨을 들이쉬었다. 그리고 라이플을 어깨에 매고 진흙투성이의 언덕을 기어올랐다. "내가 네 뒤를 봐줄게." 그녀가 말했다. "넌 저 호버크래프트를 맡아."

"내게 맡겨." 비어스가 앞쪽에 있는 진흙투성이 벽 속으로 두 손을 다시 파묻으며 말했다.

그녀가 언덕 위에 다다르자 스크럴의 호버크래프트가 주위를 맴돌았다. 비어스는 조종사가 그녀를 엿볼 수 있는 위치에 있다는 사실을 확인했고 그가 커뮤니케이터로 명령을 내리는 것도 보았다.

비어스는 그가 자신의 동료 스크럴들에게 그녀와 미네-르바를 저녁 식사에 초대하라고 말하는 것이 아닐까 의심했다.

미네-르바는 이미 언덕 꼭대기에서 유리한 위치를 점하고는 엎드려서 라이플로 스크럴들에게 위협사격을 하고 있었다.

8 대 1의 싸움이었지만 미네-르바가 이기는 중이었다. 스크럴의 저격수가 비어스를 쏘려고 총을 겨누려고 할 때마다 미네-르바가 대응사격을 해서 그들의 시도를 무력하게 했다. 하지만 사격은 멈추지 않았다. 미네-르바의 라이플은 쉴 새 없이 불을 뿜고 있었다.

한편 비어스는 포톤 블래스트를 다시 뿜어내려고 준비했다. 귀에 윙윙거리는 소리가 다시 들려왔다. 비어스는 준비가 완료되자 발사했다. 이번에는 포톤 블래스트가 공기 자체를 태우며 날아갔고 그 뒤에는 오존 냄새만이 남아 있었다. 광선은 그녀의 주먹에서 위로 뻗어나가 스크럴의 호버크래프트에 구멍을 뚫어버렸다.

곧 호버크래프트는 광선으로 뒤덮였다.

폭발은 없었다. 고작 2초 만에 호버크래프트의 시동이 꺼질 뿐이었다. 조종사는 그 직전에 조종석 밖으로 몸을 던져 20미터 아래의 부드러운 진흙 위로 떨어졌다.

"호버크래프트가 추락한다!" 비어스가 소리를 질렀다.

"잘했어." 미네-르바는 여전히 사격을 하면서 말했다. 비어스가 호버크래프트를 격추시키느라 바빴을 때 미네-르바는 스크럴 저격수 셋을 처리했다. "그럼 이쪽으로 와서 날 도와줄 수 있겠군."

비어스는 미네-르바 쪽으로 몸을 돌릴 때 가벼운 현기증을 느꼈다. 충분히 재충전할 시간을 갖기도 전에 다시 자신의 능력을 사용한 탓이었다. 포톤 블래스트를 또 한 번 발사하여 체력을 고갈시키는 위험을 감수하는 대신 그녀는 우주선에서부터 허리에 차고 있던 무기를 들고 진흙 위에 몸을 던져 미네-르바 옆으로 기어갔다.

"뭐야, '반짝이주먹' 그만하는 거야?" 미네-르바가 빈정대듯이 물었다.

"난 네가 애초에 그걸 사용하지 않길 바라는 줄 알았는데."

미네-르바는 잠시 말이 없다가 입을 열었다. "네 말대로 욘-로그는 여기 없으니까."

비어스는 미소를 지으면서 무기를 조준해 남아 있는 스크럴에게 발포했다.

"우리는 이 언덕 주변을 돌면서 그들 뒤에 숨어 있어야 해." 미네-르바가 지시했다. "이걸 끝낼 수 있는 방법은 그것뿐이야. 지금 당장은 참호 전투니까."

"네가 몰래 돌아다니는 동안 내가 놈들을 붙잡아 둘 수 있어." 비어스가 말했다.

미네-르바가 고개를 저었다. "난 스나이퍼야. 그리고 사격도 더 잘하지. 화나게 하려는 건 아니야." 그녀는 다소 냉담한 말투로 말했다.

비어스는 미네-르바를 빤히 쳐다보았다. "날 화나게 하려는 게 확실해."

"맞아, 그랬어." 미네-르바가 대답했다. "진실은 아픈 법이지."

비어스는 기분 나쁘지 않았다. 미네-르바의 가장 강력한 자산은 뛰어난 본능과 특급 사수로서의 능력이었기 때문이다. 그녀는 스타포스에서 최고였으며 지금 당장은 비어스가 스크럴들의 뒤에서 길을 트는 동안 그들을 정신 없게 하는 데 가장 적합한 인물이었다. 하지만 전장은 탁 트여 있었다. 어떻게 비어스가 몸을 숨긴 채 스크럴들의 뒤에 숨어서 갈 수 있겠는가?

슈욱.

비어스와 미네-르바는 갑작스러운 소리에 고개를 돌렸다. 그들은 뒤를 돌아보았지만 아무것도 없었다.

쩌억.

슈욱.

쩌억.

발소리인가?

어디서 들려오는 소리지? 그들 주변에는 아무도 보이지 않았다. 스크럴 저격수는 반대편 언덕에 있었다.

그 소리는 점점 크게 들려왔고 그들 주변의 진흙에서 거품이 일기 시작했다.

무슨 일이 일어나고 있는 거지?

슈욱.

쩌억.

CHAPTER 7

그들 주변의 진흙에 거품이 일었다.

거품이 터질 때마다 악취 가득한 가스가 뿜어져 나와 유황의 불쾌한 냄새가 공중을 가득 채웠다.

무언가가 진흙에서 벗어나려고 애쓰는 소리가 역겨웠다.

그리고 그때, 비어스는 보고야 말았다.

진흙 표면을 막 뚫고 나온 것처럼 보이는 작은 녹색 얼룩이 비어스의 발치에 있었다. 그것은 마치 진흙에서 튀어나온 것처럼 둥글고 매끄러웠다. 비어스는 그것이 무엇인지 궁금했다. 호기심 때문에 일시적으로 놀라움과 두려움이 더 잘 느껴졌다.

물체는 비어스와 미네-르바가 그것의 전체 모습을 보고 무엇인지 파악할 수 있을 때까지 진흙에서 점점 더 모습을 드러냈다.

그것은 스크럴의 머리였다.

스크럴의 눈은 생명을 잃은 것처럼 보였고 벌린 턱으로 소리

없는 비명을 지르고 있었다. 비어스는 잠시 동안 그 스크럴이 정말로 죽었다고 생각했다. 하지만 갑자기 그 외계인은 숨을 헐떡이며 비어스에게 손을 뻗으려고 했다. 스크럴은 비어스의 오른쪽 다리를 잡고 유니폼을 필사적으로 쥐어뜯었다.

"살려줘! 살려줘!" 스크럴은 쉰 소리로 외쳤다. 속삭이는 정도로 작고 연약한 목소리였다.

순간적으로 놀란 비어스는 몸을 뒤로 돌려 스크럴의 연약한 손아귀를 떼어냈다. 그러자 스크럴은 억겨운 *슈욱* 소리를 내면서 모습을 드러낼 때와 마찬가지로 순식간에 진흙 속으로 빨려 들어가 사라졌다.

두 스타포스 전사는 놀라움에 어안이 벙벙하여 말없이 서로를 바라보았다. 마치 '*우리가 무엇을 본 거지?*'라고 말하는 것 같았다.

둘 다 답을 알지 못했다.

갑자기 멀리서 더 많은 비명이 들렸고 그들은 즉시 그 비명이 어디서 들려오는지 알 수 있었다.

아포스 프라임의 진흙투성이 속으로 빨려 들어가는 스크럴들이었다.

"이 진흙 더미에서 벗어나야 해." 비어스가 말했다. "당장."

"동의할 수밖에 없군." 미네-르바가 인정했다.

두 전사는 진흙투성이 언덕 경사를 따라 미끄러져 내려왔다. 길을 따라 가면서 가스를 분출하는 작은 거품들이 진흙 사이에 떠 있는 것이 두 사람의 눈에 들어왔다.

그들은 바닥에 다다르자 진흙 밭을 지나가기 시작했다. 두 사람은 자신들의 우주선으로 되돌아가기를 바라면서 협곡으로 향했다. 지금 상황에서 얼마나 효과적인지는 의문이었지만, 유일한 방법이었다.

"스크럴들이 이 행성을 갖고 뭘 하려는 것 같아? 땅 위의 모든 것은 물론 자신들까지 죽이는데 말이야." 비어스가 물었다.

"크리가 이 행성을 원하는 이유와 같은 거겠지." 미네-르바가 말했다. "이건 무기야."

"어떻게 이 행성으로 무기를 만들 수 있는 거지?" 그들은 들판을 가로질러 걸어가고 있었다. 이제는 거의 엉덩이까지 진흙 속에 파묻힌 상태였다. 걸음을 뗄 때마다 진흙이 몸을 타고 올라와 조금씩 더 깊숙이 진흙 속으로 들어가는 것 같았다.

미네-르바는 비어스의 질문에 대답하지 않았다.

주변의 진흙이 대신 대답하는 것 같았다. 마치 스크럴의 머리가 표면을 뚫고 나왔을 때처럼 진흙에 거품이 일었다. 비어스와 미네-르바는 가던 길을 멈추었다.

진흙은 계속해서 거품을 만들었다. 마치 끓고 있는 것처럼 보였다. 가스가 들어 있는 작은 거품이 솟구쳐 공중에서 터졌고 다시 한 번 주위의 모든 것이 유황의 악취로 가득찼다.

덜컹거리는 낮은 소리가 들리면서 진흙이 용솟음치며 거품을 내기 시작했다.

"이게 진흙 같지가 않아…." 비어스가 말끝을 흐렸다.

"그럼 뭐지?" 미네-르바가 물었다.

"뭐든 간에, 살아 있는 것 같아…." 대답했다.

CHAPTER 8

비어스는 발아래의 땅이 미끄러지듯이 움직이는 바람에 거의 말을 하지 못했다. 검은 진흙이 천천히 그녀의 다리를 기어올라갔다. 비어스는 빠져나오려고 했지만 불가능하다는 사실을 깨달았다. 그녀의 동료 역시 같은 상황에 처해 있었다.

"이게 뭐야?" 미네-르바는 고함치며 다리를 빼내려 했지만 헛수고였다.

"아마 일종의 방어 메커니즘인 것 같아." 비어스가 말했다.

"좋아. 이것들에게 방어할 무언가를 주자고." 미네-르바가 날카로운 어조로 말했다. 그러고는 손에 쥐고 있던 무기를 아래로 향해 진흙을 겨누었다. 미네-르바가 잽싸게 총을 발사하자 땅이 덜컹거리기 시작했다. 끓어오르던 가스 거품은 이제 더 빨리 솟구쳐 나왔고 진흙의 표면을 뚫고 나와 터지면서 대기를 유독 가스로 가득 채웠다.

"내 생각엔 네가 이걸 화나게 만든 것 같은데." 비어스가 말했다. 그리고 그 말이 맞았다. 미네-르바의 다리 위로 기어오르던 진흙이 이제 그녀를 진흙탕 속으로 끌어당기기 시작한 것이었다. 미네-르바는 행성 표면 아래쪽 깊은 곳으로 가라앉기 시작했다.

"내 손을 잡아!" 비어스가 미네-르바에게 손을 뻗으며 소리쳤다. 하지만 그녀는 너무 멀리 있었고 빠르게 사라져가고 있었다.

"손이 안 닿아!" 미네-르바는 비어스가 뻗은 손을 잡으려고 애쓰며 소리쳤다. 이제는 가슴까지 빠져들고 있었다. 그리고 곧 목까지 진흙 속으로 가라앉았다.

비어스의 상황도 별반 다르지 않았다. 그 지저분한 물질이 그녀를 땅 속으로 끌어당기기 시작했지만 지금까지는 허리까지만 빠졌을 뿐이었다. 그녀는 잠시 이것이 무엇이던 간에 미네-르바가 총을 쏜 것이 이것의 분노를 불러일으킨 것인지, 그래서 그녀가 더 빨리 가라앉고 있는 것인지 궁금했다.

하지만 생각할 시간이 많지 않았다. 미네-르바 쪽을 바라보자, 진흙의 표면 위로 미네-르바의 얼굴만 삐죽 나와 있는 모습이 보였다. 그녀의 입은 공포에 질린 듯 살짝 벌어져 있었다.

미네-르바는 한마디도 하지 않고 시야에서 완전히 사라졌다. 비어스는 포톤 블래스트로 땅을 날려버리고 싶다는 충동을 느꼈다. 하지만 곧 다시 생각하고 단념했다. 그녀는 스크럴들에게 발포했을 때 진흙이 어떻게 반응했는지, 어떻게 언덕에 움푹 파인 불타오르는 구멍을 남겨두었는지를 기억했다. 진흙에 총을 쏘는 것으로 미네-르바를 되찾을 수 있는 것도 아니었고 자신이 빠져나가는 데에도 도움이 되지 않을 것 같았기 때문이다. 이는 그들 모두를 파괴할 수도 있었다.

게다가 비어스는 이전에 너무 많은 에너지를 쓰는 바람에 약해진 상태였다. 에너지를 다시 비축하기 전까지 그녀의 능력은 무용지물이었다.

그때 어떤 생각이 떠올랐다. 진흙 아래에서 나타난 스크럴은 어디에선가 갑자기 나타났다가 사라진 것 같았다.

확인할 방법은 단 하나였다. 비어스는 최대한 열심히 진흙과 싸울 준비를 시작했다. 그 즉시 주변의 지면이 반응하여 비어스를 힘껏 밀어붙였고 그녀는 점점 더 빨리 가라앉기 시작했다. 가슴 깊이까지 진흙 속에 파묻혔고 곧 목까지 빠져들었다. 발을 빨아들이는 흡입력은 놀라울 정도였다. 그녀가 아무리 힘이 세다고 해도 빠져나갈 수 없을 것 같았다.

하지만 오히려 다행스러운 일이었다. 빠져나갈 생각이 없었으니까.

몇 초 후, 진흙이 그녀의 얼굴을 감쌌다. 비어스는 완전히 가라앉으려 하면서 숨을 헐떡이고 있었다.

내가 맞기를 기도하자고. 그녀는 진흙으로 뒤덮이기 직전에 이렇게 생각했다.

"네 발이 내 머리 위에 있어."

비어스는 눈을 뜨려고 했지만 뜰 수 없었다. 그녀는 손으로 얼굴에 겹겹이 쌓인 진흙을 문질러 닦아낸 뒤, 천천히 주위를 둘러보며 재빨리 눈을 깜빡였다.

마치 주머니 같은 작은 동굴 속에 있는 것 같았다. 비어스는 등을 대고 누워 있었는데, 고개를 들자 자신의 발이 정말 누군가의 머리 위에 놓여 있다는 것을 알 수 있었다.

정확히는 미네-르바의 머리였다.

"쏴버리기 전에 발 치워." 미네-르바가 말했다.

비어스가 발을 옮겨 미네-르바 옆의 진흙 위에 내려놓았다. "내가 얼마나 정신을 잃고 있었던 거지?"

"몰라." 미네-르바가 말했다. "난 네가 오기 직전에 왔어."

미네-르바는 오른손으로 휴대용 무기를 움켜쥐고 옆의 작은 버튼을 눌러 무기의 조준 레이저를 작동시켰다. 레이저는 그들이 주변을 좀 더 살펴볼 수 있을 정도의 밝기는 되었다. 두 사람이 갇혀 있는 주머니는 지표면과 마찬가지로 진흙으로 덮여 있었다. 하지만 아래쪽 벽과 바닥에는 덩굴들이 박혀 있었다.

비어스가 땅에 손을 대자 덩굴들이 움직이는 것이 느껴졌다. 아니 움직임이라기보다는 맥박이 뛰는 것 같았다. 한순간은 움직임이 없다가 살짝 맥이 뛰었다. 이 리듬은 계속 반복되었다.

주머니의 천장에서는 진흙이 떨어지고 있었다. 높이는 약 1미터가 조금 넘어 보였다. 두 사람이 앉을 수는 있었지만 일어설 수는 없었다. 기껏해야 쪼그려 앉을 수 있을 정도였다. 하지만 지금 가장 큰 관심사는 그것이 아니었다.

"어떻게 계속 숨을 쉬고 있을 수 있지?" 비어스가 물었다.

미네-르바는 주위를 둘러보고는 다시 비어스를 바라보았다. "더 나은 질문. *왜* 아직 숨 쉬고 있는 거지?"

모두 좋은 질문들이었다. 비어스는 스스로를 옹호하면서 이렇게 생각했지만 *아무래도 좋았다.* "이것이 무엇이건 간에, 우리를 죽이고 싶은 건 아닌 것 같아. 어떻게 하는지는 모르겠지만 산소를 공급하고 있어." 그녀는 다시 바닥을 보았다. 그녀의 손에 또다시 덩굴의 맥박이 느껴졌다.

"내 생각엔 이것들은 덩굴이 아닌 것 같아." 비어스가 말했다. "이건 혈관이야. 아니면 일종의 호흡 시스템 같은 것이거나."

"이제는 과학자가 된 거야?" 미네-르바는 체중을 다른 쪽 발로 옮기면서 물었다. 둘이 갇힌 공간은 비좁은 데다 사방이 막혀 있었기 때문에 앞으로 쓰러지지 않고 쪼그려 앉아 있기가 쉽지 않았다.

진흙이 비어스의 얼굴로 떨어졌다. 거의 앞이 보이지 않을 정도였다.

"이곳을 빠져나가려면 힘을 합쳐야 해." 비어스가 말했다.

미네-르바가 고개를 끄덕였다. "우리 전부 말이야?"

비어스는 혼란스러운 표정으로 그녀를 바라보았다. 미네-르바는 고개를 까딱하며 비어스의 어깨 위쪽을 가리켰다. "일행이 있어."

비어스는 고개를 돌려 뒤쪽의 진흙 벽에서 눈에 띄는 녹색 머리가 천천히 나타나는 것을 보았다.

CHAPTER 9

"움직일 *생각* 마. 그랬다가는 머리를 잔다르 치즈처럼 만들어 줄 테니."

미네-르바는 스크럴의 머리가 진흙 위로 튀어나오자마자 즉시 그를 똑바로 조준하며 말했다.

"여긴 무슨 일로 왔지, 아저씨?" 비어스가 주먹을 스크럴에게 겨누며 말했다.

"제발." 스크럴은 숨을 헐떡이며 애원했다. "난 싸우지 못해. 다쳤다고. 제발 날 이 진흙 속에서 당겨서 꺼내줘. 구해줘. 제발."

비어스와 미네-르바는 서로의 표정을 살폈다. 그들은 아무 생각 없이 스크럴에게 발사하고픈 충동을 느꼈다. 당연했다. 그들은 전사였고 스타포스였으니까. 그들은 크리 제국을 보호하기로 맹세했고, 이는 스크럴들을 죽인다는 의미였다.

하지만 지금은 매우 특수한 상황이었다. 이 경우, 지금으로서는 그 스크럴을 제거하는 것이 가장 현명한 조치가 아닐 수도 있다는 가능성을 고려해야만 했다. 스크럴에게서 유용한 정보를 캐낼 수도 있었다. 할라로 끌고 가면 자신이 아는 모든 것을 다 털어놓을지도 모른다. 게다가 그는 자신이 갇혀 있던 주머니 같은 것에서 빠져나오는 방법도 알고 있었다. 이 악몽 같은 상황에서 비어스와 미네-르바를 탈출시킬 수 있을지도 몰랐다.

미네-르바는 비어스에게 말없이 고개를 끄덕였고 비어스는 그 의미를 알아챘다. "눈을 깜빡이기만 해도 통구이로 만들어 줄 거야." 비어스는 이렇게 말하고는 스크럴의 머리를 잡아서 거칠게 잡아당겨 진흙 벽 밖으로 끌어냈다.

"난 '통구이'가 뭔지 몰라." 미네-르바가 스크럴에게 말했다. "하지만 통구이가 되고 싶진 않을 거야."

"무슨 뜻인지 알겠어." 스크럴이 대답했다. "역겨운 것들 같으니."

그는 이제 주머니 안에 몸이 반 정도 들어와 있었다. 미네-르바는 비어스가 그를 완전히 끌어당기는 것을 도왔다. 스크럴은 한쪽 구석에 누워 있었다. 비어스는 누워 있다는 것을 감안하더라도 그가 스크럴치고도 꽤나 작은 키라는 것을 알 수 있었다.

"좋아, 내 기억엔 내 동료가 네게 질문을 했던 것 같은데." 미네-르바가 말했다. "이곳에서 뭘 하는 거지, 스크럴?"

그 외계인은 숨쉬기 힘들어 보였다. 호흡은 거칠었고 숨을 들이마실 때마다 쌕쌕거렸다. 비어스는 그의 폐에 구멍이 났을지도 모른다고 생각했다. 그래도 그는 말하려고 애썼다.

"난 아무 말도 하지 않을 거야, 크리." 비어스가 벽에서 끌어내기 전, 애원하던 것과는 달리 스크럴의 목소리에는 독기가 서려 있었다.

"숨쉬기가 힘든 것 같은데." 비어스가 말했다. "어쩌면 폐 한쪽이 망가졌는지도 모르지. 너도 알다시피 가망이 없어 보이는데. 게다가 우린 둘이고 넌 하나야. 승산이 높은 게임은 아니지."

"만일 반대의 상황이었다면 난 널 벌써 죽여버렸을걸. 넌 물러 터졌어." 스크럴이 말을 내뱉었다.

비어스는 그의 말을 완전히 무시했다. 대신 머릿속에서 무언가가 떠올랐다. "잠깐, 네가 누군지 알겠어. 내 발밑에서 튀어나온 놈이잖아." 그녀가 손가락으로 천장을 찌르며 말했다. "저 위에서 말이야."

스크럴은 그저 비어스를 바라볼 뿐이었다.

비어스가 말을 이었다. "내가 볼 때, 네가 진흙 표면에서 머리를 내밀고 사람들을 깜짝 놀라게 만드는 허접한 커리어를 쌓기로 결심하기 전에는 여기와 비슷한 주머니에 갇혀 있었을 것 같은데, 안 그래?"

스크럴은 여전히 크리의 전사들을 바라보기만 했다.

"넌 그렇게 발버둥쳐서라도 살아남고 싶었던 것 같은데. 이렇게 끔찍한 삶이라도 말이지." 비어스가 말했다. "그러니까 나한테 대단하고 강한 척은 하지 마. 신경 안 쓰는 척도 말고 우리에게 아무 말도 하지 않을 거란 소리도 마. 아마 넌 우리가 여기서 구해주기만 하면 우리가 원하는 모든 걸 다 말할걸."

미네-르바는 고개를 돌려 비어스를 바라보았다.

"그를 도와…준다고?" 미네-르바는 실제로 웃음을 터뜨리기까지 했다.

"이자는 이런 주머니에서 빠져나갔잖아. 이미 지표면으로 한 번 나간 적이 있지. 게다가 이 진흙탕 속을 뚫고 이 방으로 들어오기까지 했어. 우리도 그 방법을 이용할 수 있어."

비어스의 실용적인 제안이 헛수고는 아니었다. 미네-르바는 비어스를 잠시 바라보고는 무기를 들어 스크럴의 가슴을 겨누었다. "선택은 네가 해." 미네-르바가 말을 꺼냈다. "우리가 이곳에서 나가도록 도와주지 않으면 내가 네 남은 다른 쪽 폐에도 구멍을 내서 영원히 이곳에 머무르게 해주지."

"그럼 어떻게 될까, 터프가이?" 비어스가 물었다. "시간이 흐르고 있어."

"난 너희 둘 다 싫어." 스크럴이 가쁜 숨을 몰아쉬며 말했다.

"피차일반이야." 비어스가 대답했다.

주머니가 떨려오자 그들은 잠시 말을 멈추었다. 벽들이 진동을 시작했고 벽의 표면에 작은 가스 거품이 나타나기 시작했다.

"저게 뭐지?" 미네-르바가 벽을 가리키며 말했다.

"이건 살아 있어. 이 저주받은 행성 전체가 살아 있다고." 스크럴이 말했다.

"네가 화나건 말건 상관없이 하는 말인데, 우리도 그건 벌써 알고 있어." 미네-르바가 말했다.

스크럴은 고개를 저었다. "그런 게 아니야. 우리가 일반적으로 아는 것과는 달라. 이건 그보다는 뭐랄까… 마치 암과 비슷해. 행성 전체가 말이야."

"무슨 뜻이야, 암이라니?" 비어스가 물었다.

스크럴은 잠시 말을 멈추고 일어나 앉으려고 했다. 비어스는 그의 어깨를 잡고는 벽에 기대도록 도와주었다. 스크럴은 그런 작은 접촉만으로도 역겹다는 표정으로 비어스를 바라보았다.

"고맙다는 인사는 안 해도 돼." 비어스는 쾌활하게 말했다.

스크럴은 인상을 찌푸렸다. 하지만 곧 그는 숨을 들이쉬고는 말을 시작했다. "이 행성은 살아 있는 유기체야. 하지만 그렇다고 동물은 아니야. 그보다는 병든 세포라고 할 수 있지."

"그러니까, 아포스 프라임이 지금껏 계속 '병든 세포'였다는 말이야?" 미네-르바가 물었다.

"아니. 계속 그래왔던 건 아니야. 이 '행성'은 아포스 프라임이 아니거든. 이건 아포스 프라임이 남겨놓은 것이야."

"아포스 프라임이 *남겨놓은* 것이라고?" 비어스가 말했다.

스크럴은 고통 때문에 움찔하며 짧게 고개를 끄덕였다.

갑자기 모든 것이 이해되기 시작했다. 욘-로그가 임무에 대해서 극히 적은 정보만을 주었던 상황도 마찬가지였다. 어쩌면 그도, 어쩌면 슈프림 인텔리전스마저도 아포스 프라임에 무슨 일이 일어났는지 몰랐을지도 모른다. 스크럴들이 활동한 흔적과 크리의 정찰선이 파괴되었던 것도… 그 모든 것들이 아마 크리의 고위 지휘부에 경종을 울렸을 수도 있다. 그들은 아포스 프라임에 어떤 일이 벌어진다는 것을 알았지만 그것이 정확히 무엇인지는 몰랐을 것이다. 그리고 상황을 파악하기 위해 스타포스 전체를 보내는 위험을 무릅쓰기는 원치 않았다. 그래서 2인조 임무가 된 것이었다.

그렇다면 비어스와 미네-르바의 직속 사령관은 그들을 죽음의 덫일지도 모르는 곳으로 보낸다는 사실을 알았을까? 아니면 그 역시 자신의 상관에게 아무 설명도 듣지 못했던 것일까?

비어스는 무엇이 진실인지 알 수 없었다.

이 상황에서는 어떤 것도 확신할 수 없었다.

CHAPTER 10

"아포스 프라임은 어쩌다 이렇게 된 거지?" 비어스가 물었다. "스크럴 짓인 거야?"

스크럴은 기침을 했다. 비어스는 그의 입술에 짙은 녹색의 얼룩이 묻은 것을 알아챘다. '내출혈이군.'

"우리가 그런 게 아니야." 그는 애처롭게 말했다. "우리도 너희와 마찬가지로 아무것도 몰라."

"왜 그 말을 믿기가 힘들지?" 미네-르바가 말했다. 그녀는 여전히 자신의 휴대용 무기의 방아쇠에 손가락을 올리고 있었다.

"날 믿을지 말지는 내 알바가 아니야." 스크럴이 퉁명스럽게 말했다. "난 진실을 말하고 있을 뿐이야." 그러더니 그는 다시 기침을 하며 무릎을 가슴으로 끌어당겼다. 입술에는 녹색 얼룩이 더 많이 묻었고 오른쪽 콧구멍에는 녹색 피가 희미하게 흘러내렸다.

비어스는 상황이 긴박하다는 것을 느꼈다. 스크럴에게는 남은 시간이 많지 않아 보였고, 그는 그들을 이 진흙 구멍 밖으로 꺼내줄 유일한 방법이었다. "좋아, 됐어. 얘기는 밖에서도 할 수 있으니 이 끔찍한 곳에서 나가자고." 비어스가 말했다. "이곳에서 어떻게 나가지?"

스크럴은 잠시 정신을 잃는가 싶다가 다시 정신 차렸다. "벽들… 거품이 나는 곳… 그곳이 가장 약한 곳인 것 같아. 그곳을 긁어서 파면 통하는 길을 만들 수 있을 거야."

"통하는 게 아니라 올라가는 길." 미네-르바가 말을 바로잡았다.

"그럼 길을 파보자." 비어스가 말했다. "네가 앞장서." 그녀는 스크럴을 보며 말했다. 지금 당장은 위협적인 상태가 아니었지만, 비어스나 미네-르바는 그를 등 뒤에 남겨둘 정도로 믿을 수는 없었다. 크리 제국에서 스크럴들은 무척이나 표리부동한 존재들로 알려져 있었다. 그들이 아는 것이라고는 스크럴의 부상이란 적을 안심시키기 위한 위장이라는 것뿐이었다.

"좋아." 스크럴은 쉰 목소리로 말했다. 그는 진흙 벽의 거품이 올라오는 부분을 긁어내기 시작했다. 그의 말대로 스크럴의 손가락은 그 속으로 푹 꺼졌고 곧 벽이 그의 몸을 끌어당겼다.

미네-르바가 비어스를 바라보며 말했다. "내가 다음으로 갈게. 난 단 한 순간도 저 스크럴을 내 시야 밖으로 내보내고 싶지 않아. 넌 뒷좌석에 타고 와. 우리가 미행당하지 않는지 확인해야 해."

"미행?" 비어스는 '여기 다른 사람이라도 있단 말이야?'라고 말하는 듯한 표정을 했다.

미네-르바는 짜증스러운 듯이 한숨을 쉬었다. "이 스크럴은 이 아래에서 생존하는 방법을 아는 것 같아. 그가 안다면 다른 놈들도 알 수 있잖아. 난 놈들이 엿보고 있다가 지표면에 닿기 전에 우리를 하나씩 처치하길 바라진 않아."

"좋은 지적이야." 비어스가 마지못해 인정했다. "하지만 넌 내가 그렇게 말한 건 못 들은 거야."

미네-르바는 휴대 무기의 레이저로 터널 안을 밝게 비추었다. 일단 그들이 있던 세포 주머니의 진흙 벽을 뚫고 들어가자, 살아날 가능성이 희박한 세 사람은 끈적끈적한 튜브 속에 있는 자신들을 발견했다. 스크럴은 지금까지 그들의 노력으로 힘겹게 숨을 쉬고 있었다.

비어스는 그 튜브가 그들이 방금 도망쳐 나온 주머니의 바닥에 혈관처럼 늘어져 있던 덩굴들이 커진 모습이라는 걸 깨달았다. 벽 안쪽으로 진흙이 떨어지고 있었고 그 바로 아래에도 뭔가가 꾸준히 흐르고 있었다. 그들은 쪼그린 채 혈관을 따라 기어갔다. 무릎은 진흙 범벅이었다.

스크럴은 여전히 길을 인도했지만 눈에 띄게 쇠약해지고 있었다. 비어스는 혈관을 따라 약 20미터, 어쩌면 30미터는 지나왔다고 생각했다. 지표면 쪽으로 올라가고 있는 것 같았다.

"난… 쉬어야겠어." 스크럴이 기어오르는 것을 멈추고 말했다. 그는 곧 앞으로 쓰러져 바닥의 진흙에 얼굴을 파묻었다. 미네-르바는 더러운 흙탕물에서 얼굴을 처박지 않게 그의 몸을 돌렸다. 스크럴은 숨을 쉬고 있긴 했지만 전보다 훨씬 힘들어 보였다.

"못 버틸 것 같은데." 미네-르바가 말했다.

"버텨야 해." 비어스가 대답했다. "살아 있어야 해. 이자가 얘기를 해줘야 해. 욘-로그에게도. 안 그랬다간 이 임무는 헛수고가 되어버릴 거야."

"좋아 그럼. 스크럴의 신체 구조에 대해 잘 알고 있길 바라, 의사 양반." 미네-르바가 빈정거렸다.

비어스는 미네-르바를 무시하고는 스크럴에게로 다가가선 그의 제복 상의에 난 구멍을 발견하고는 옷을 움켜쥐고 찢어서 열었다. 가슴에는 옷의 난 구멍과 같은 자리에 구멍이 나 있었다. 폭발로 인한 상처로 보이지는 않았다. 그보다는 산성 용액에 의한 화상 같았다. 그녀는 스크럴의 폐에서 휘파람 불 듯이 나오는 공기를 느꼈다.

비어스는 망설이지 않고 스크럴의 옷에서 천을 뜯어서 공처럼 뭉쳤다. 그러곤 스크럴의 가슴에 있는 구멍에 천을 박아 구명을 막고 공기가 빠져나가지 못하게 하려고 애썼다. 스크럴은 잠시 아무 반응도 하지 않았다. 그러다 눈을 크게 뜨고 일어나더니 기침을 하기 시작했다.

"날… 건드리지 마." 스크럴이 비어스를 밀어내며 말했다.

"고맙다는 말은 안 해도 돼." 비어스는 이 말이 자신에게 감사하지 않는 것 같은 사람들에게 상투적으로 하는 말이 되어가고 있다는 생각에 씁쓸했다. 스크럴은 아무 말 없이 무릎을 꿇고 다시 앞으로 기어가기 시작했다.

미네-르바는 비어스를 바라보았다. "잘했어, 의사 양반." 이전과는 다르게 마지못해 존경하는 것 같은 말투였다.

"오래 살다 보면 배우는 것이 있을 거야." 이렇게 말하는 비어스의 어조는 완전히 확신에 차지 않은 것처럼 들렸다.

사실 비어스는 자신이 그런 응급 처치 방법을 어떻게 알고 있는 건지 알지 못했다. 그래서 괴로웠다. 응급 의료 훈련은 분명 스타포스에서 배운 게 아니었다.

이런 본능들은 어디서 온 것일까?

"할라로 가자. 비어스." 미네-르바가 말했다. "여길 뜨자고. 안 갈 거야?"

비어스는 잡생각들을 떨치고 다시 집중했다. 그러곤 미네-르바처럼 쪼그리고 앉아 기어가기 시작했다.

CHAPTER 11

"앞에 뭐가 있어." 스크럴이 기침을 하며 말했다.

미네-르바가 스크럴을 옆으로 밀었다. "뭐가 있는데?"

뒤에서 따라 가던 비어스의 눈에는 자신의 앞에서 시야를 가리는 스타포스 동료와 스크럴밖에 보이지 않았다. 그녀는 뒤를 돌아보면서 그들을 따라오는 누군가, 혹은 *무엇이* 있는지 확인했다. *지금까지는 아무 문제도 없었다.*

"뭐가 보인다는 거야?" 그녀는 호기심에 가득차서 물었다.

"이쪽으로 와, 비어스." 미네-르바가 명령하듯 말했다. "당장."

그들이 있던 터널의 폭은 약 1미터 정도 되었다. 두 사람이 나란히 서 있기에는 충분했지만 세 명은 무리였다. 비어스는 옆으로 걸으며 미네-르바 쪽으로 갔다.

비어스는 미네-르바가 여전히 맨 앞에 있어야 한다고 주장하는 스크럴을 지나쳐서 예리한 솜씨를 지닌 명사수와 어깨를 나란히 하고는 앞을 바라보았다. 미네-르바가 들고 있는 휴대용 무기의 레이저가 어느 정도 빛을 내기는 했지만 밝지는 않았다. 그녀는 그들이 있는 혈관이 더 거대한 동굴의 입구로 이어져 있는 것을 보았다. 동굴은 터널 바닥을 따라 흐르는 진흙과 같은 종류의 흙으로 채워진 것처럼 보였다.

동굴은 바닥에서 위쪽까지 모두 진흙으로 가득 차서 완전히 단단한 벽처럼 보였다. 그런데 어째서인지 동굴에서부터 진흙이 한 방울씩 터널로 들어오고 있었다. 비어스와 미네-르바, 스크럴은 입을 벌린 채 터널에 서 있었다.

"어떻게 저게 가능하지?" 비어스가 작은 목소리로 물었다.

미네-르바는 고개를 저었다. "나도 몰라."

비어스는 스크럴을 지나 터널이 동굴과 만나는 곳까지 가서 손을 뻗었다. 그녀는 동굴 입구를 덮고 있는 막 같은 것이 있다는 사실을 발견했다. 그 막은 축축하고 끈끈했다. 그녀가 막을 밀자 비닐처럼 움직였다.

"여긴 대체 뭐야?" 미네-르바가 말했다. 실망한 것 같은 목소리였다.

위를 올려다보자 더 놀라운 무언가가 보였다. 동굴 전체에 흐르는 진흙은 검긴 했지만 어쩐지 반투명해서 동굴의 천장을 통해 행성 표면 위를 볼 수 있었다. 대낮의 빛인 것이 틀림없었다.

그들이 몰고 왔던 크리 전투기의 밑부분이 보였다. 진흙 표면 위를 자유로이 떠다니고 있었던 것이다.

이제 동굴 속으로 들어가 진흙을 헤엄쳐서 우주선으로 가는 길을 찾기만 하면 되는 것이었다. 그러면 다시 고향으로 돌아갈 수 있었다.

"우리가 해야 할 일은…." 비어스는 큰 소리로 말을 시작했다가 잠시 멈추었다. 실제로 행동에 옮기는 것이 말보다 훨씬 어렵다는 것을 깨달았기 때문이다.

"저건 뭐지?" 미네-르바가 물었다.

"우리 우주선이야." 비어스가 지표면을 가리키며 말했다. "바로 위에 있어. 우리가 이 동굴을 통해서 진흙 표면을 뚫고 나가기만 한다면, 이 진흙 공을 탈출할 수 있어."

"나도 시도해봤어." 스크럴은 왼손으로 가슴에 난 상처를 부여잡고 씨근거리며 말했다. "그건… 그건 불가능해."

"그럼 왜 우리가 여기까지 온 거지?" 미네-르바가 쏘아붙였다.

"왜냐하면 다른 선택은… 덜 매력적이었으니까." 스크럴의 대답에 비어스는 실제로 웃음을 터뜨렸다.

"준비 됐어?" 미네-르바가 동굴의 막을 조준하며 물었다.

비어스는 고개를 끄덕였다. 스크럴 역시 고개를 끄덕였다. 물론 사실 비어스나 미네-르바는 스크럴이 준비가 되건 말건 개의치 않았다.

"셋을 세겠다." 미네-르바가 말했다. "하나… 둘… 셋!"

미네-르바가 방아쇠를 당기자 에너지 광선이 동굴의 막을 찔렀다. 에너지 광선이 막에서 터졌고 터널이 앞뒤로 흔들리는 바람에 미네-르바는 뒤로 넘어졌다. 비어스는 미네-르바가 스크럴과 부딪치려 하자 그녀를 붙들어 잡았다. 그들은 동굴의 막을 바라보았다.

막은 여전히 그대로였다. 광선은 아주 조금도 영향을 끼치지 못했다.

하지만 터널은 그렇지 못했다.

그들을 둘러싼 터널의 벽이 더 많은 진흙을 내뿜기 시작했다. 아까보다 더 많은 거품이 생겨났다. 다만 이번에는 혈관 같은 덩굴들이 솟구쳐 올랐다. 맥박이 뛰고 덩굴이 벽에서 튀어나오기 시작했다.

"조심해!" 비어스가 그녀의 머리를 거의 칠 뻔한 덩굴의 채찍질을 피하면서 고함쳤다. 덩굴이 뒤쪽의 벽을 내리치면서 벽을 뚫고 들어가자 더 뻑뻑한 진흙이 흘러나왔다.

"우리를 죽이려는 거야!" 스크럴이 외쳤다.

"말 안 해도 알겠어." 비어스가 또 다른 덩굴의 공격에서 미네-르바를 잡아당기며 대답했다. 덩굴은 미네-르바를 살짝 비켜났지만 공기를 가르는 소리와 함께 비어스의 오른쪽 허벅지를 찔렀다. 덩굴이 닿은 곳에서 연기가 피어올랐다. 덩굴은 산성 물질로 덮여 있는 것 같았다.

'스크럴의 가슴에 난 구멍이 이거였군.' 비어스는 생각했다.

벽에서 덩굴들이 더 솟아올랐고 몇몇이 스크럴을 감싸고 있었다.

"이봐, 반짝이주먹!" 미네-르바가 소리쳤다.

비어스는 몸을 돌려 동료를 바라보았다.

"네 주먹에서 뭔가를 폭발시키기 좋은 타이밍인 것 같아." 미네-르바는 덩굴을 조준하며 말했다. 그녀가 덩굴을 쏘아서 명중시킬 때마다 덩굴은 쪼개지며 산성 액체 같은 것을 뿜어댔다. 하지만 미네-르바가 맞추는 것보다 더 빨리 다시 생겨나고 있었다.

비어스는 자신의 주먹을 내려다보았다. 에너지가 충분히 충전되었는지 확신할 수 없었다. 하지만 지금 그 힘을 사용하지 않으면 분명 모두 죽을 것이었다.

더 나쁠 수도 있었다.

비어스는 잠시 눈을 감고 머리에서 윙윙거리는 소리가 다시 들리는 것을 느꼈다. 그리고 힘을 주먹으로 모았다.

CHAPTER 12

윙윙거리는 소리가 들렸다. 그 순간에 비어스의 귀에 들리는 소리는 그게 전부였다. 그녀는 눈을 뜨고 주변을 둘러보았다. 혼돈 그 자체였다. 이제는 수백 개의 움직이는 덩굴들이 소용돌이치며 터널 안의 세 사람을 찔러대고 있었다.

마침내 뒷덜미의 머리카락들이 곤두서기 시작했다. 비어스는 그 힘이 자신의 손을 타고 흘러 손끝에 모이는 것을 느꼈다.

덩굴들이 미네-르바를 에워싸고 있었다. 그녀는 빠져나가려 애쓰며 총을 쏘고 있었지만 덩굴들의 공격에는 역부족이었다. 덩굴 하나가 갑옷을 뚫고 가슴을 강타하자 미네-르바는 비명을 질렀다.

이제 스크럴은 보이지도 않았다. 그의 몸은 완전히 덩굴에 얽혀 있었다.

귀에 들리는 윙윙거리는 소리는 비어스가 더 이상 그 힘을 억제할 수 없을 때까지 계속해서 커져갔다.

순수하고 눈부신 포톤 에너지가 그녀의 손에서 터져 나와 동굴의 막으로 뻗어나갔다. 에너지 광선이 동굴 입구를 강타하자 입구를 막고 있던 장막은 순식간에 폭발해 수백만 조각으로 산산이 부서져 흩어졌다. 덕분에 비어스와 미네-르바, 스크릴은 동굴을 막고 있던 필름같이 끈끈한 물질을 뒤집어쓰고 말았다.

비어스는 눈을 가리고 있는 끈적끈적한 점액질을 닦아냈다. 그녀가 해낸 것이다.

하지만 이와 동시에 동굴을 채우고 있던 진흙이 터널 속으로 쏟아져 들어왔고 비어스는 그 힘에 밀려 벽에 부딪혔다. 덩굴들이 그녀를 잡으려고 공격해왔지만 비어스는 이를 뿌리쳤다. 비어스는 동굴에서 쏟아진 반투명한 진흙으로 터널이 가득 차기 직전에 가까스로 마지막 산소를 들이쉴 수 있었다.

그리고 미네-르바를 돌아보았다. 그녀 역시 스크릴과 마찬가지로 이제 거의 완전히 덩굴들에 휩싸여 있었다.

비어스는 주먹으로 미네-르바 뒤쪽의 벽을 조준한 뒤, 덩굴이 꿈틀거리며 뻗어 나온 벽을 향해 포톤 에너지를 다시 발사했다.

덩굴들은 비어스의 광선이 강타한 지점부터 반으로 갈라져 지글거리면서 불타올랐다. 미네-르바를 감싸고 있던 쪽은 곧 생명을 잃은 듯이 바닥으로 떨어졌다.

비어스는 스크릴을 감싸고 있던 덩굴 쪽으로 고개를 돌렸다.

그리고 다시 광선을 발사해서 스크럴 뒤쪽 덩굴을 파괴했다. 그 덩굴들 역시 스크럴에게서 떨어져 진흙 속으로 떨어져나갔다.

미네-르바는 이제 자유롭게 움직일 수 있었지만 덩굴들과의 싸움으로 지친 데다 터널을 채운 진흙 때문에 갑자기 숨을 쉴 수가 없어져 괴로워하고 있었다. 비어스는 그녀를 잡고 스크럴 쪽으로 헤엄쳐 갔다. 스크럴은 의식을 잃은 것 같았다. 그녀는 스크럴의 허리를 잡고 끌어당겼다.

그러고는 미네-르바와 스크럴을 잡아끌면서 찢어진 동굴 입구를 향해 헤엄쳤다.

"난 괜찮아, 괜찮다고." 미네-르바가 헐떡이며 말했다. 그녀는 비어스의 도움을 거절하려 했지만 몸은 여전히 비어스를 끌어안고 매달려 있었다. 미네-르바의 자존심은 인정하지 못하겠지만 육체는 매우 약해진 상태였다.

비어스는 눈을 흘겼다. *끝까지 고집을 부리네.* "미네-르바, 날 밀어내느라 에너지를 낭비하지 마. 그냥 돕게 놔두라고."

미네-르바는 말이 없었다. 하지만 비어스는 자신을 잡고 있는 미네-르바의 손아귀가 단단해지는 것을 느꼈다. 그녀는 이를 동의한다는 뜻으로 받아들이곤 계속 앞으로 나갔다.

동굴은 반투명한 진흙으로 가득 찬 거대한 바다였다. 비어스는 지표면 위쪽을 올려다보았다. 크리의 전투기는 여전히 그곳에 있었다.

'지금까지는 순조롭네.'

하지만 혼자 힘만으로 동굴에서 지표면까지 가기는 매우 힘들 것 같았다. 진흙 때문에 빠르게 움직일 수도 없었다. 매순간 진흙이 움직임을 방해했다. 비어스가 앞으로 나가려고 하면 그녀를 계속해서 뒤로 잡아당겼던 것이다.

게다가 두 명을 데리고 가야 했다. 거의 불가능에 가까운 일이었다.

하지만 비어스는 포기하지 않았다. 죽을 생각은 없었다. 오늘은 아니었다.

그런 일은 영원히 없을 것이다.

그녀는 멈추지 않고 있는 힘껏 위아래로 발길질을 하면서 두 동료를 들고 천천히 지표면 위쪽으로 전진했다.

아래쪽을 보니 동굴과 다른 여러 개의 터널이 이어진 부분을 막이 둥글게 감싸고 있는 것을 볼 수 있었다. 비어스가 방금 뚫고 온 막과 마찬가지였다. 그리고 이제 그 막들이 하나씩 열리면서 덩굴들이 뱀처럼 기어들어오기 시작했다.

수백 개.

아니 수천 개는 되는 것 같았다.

덩굴들은 진흙탕 속에서 천천히 꿈틀거리며 비어스에게 다가오고 있었다.

덩굴들의 진짜 정체가 무엇이건 간에, 그것들은 정말로 비어스 일행을 못 나가게 하려는 것 같았다. 만일 이 행성이 정말로 암세포라면 덩굴들은 분명 그녀를 흡수하려고 할 것이었다. 생존을 위한 연료로 쓰기 위해.

역겨웠다.

이제 지표면에 거의 다다랐다. 우주선에서 겨우 몇 미터만 떨어져 있을 뿐이었다. 하지만 너무나 멀게 느껴졌다. 덩굴들은 점점 더 가까이 굽이치며 다가오고 있었고 지표면에 가까이 갈수록 진흙은 더 빽빽해지는 것 같았다. 조금이라도 앞으로 나아가는 것이 엄청나게 힘들어지고 있었다.

그녀는 현재 위치에서 더 이상 진전하지 못한다는 것을 깨닫자 자신의 짐을 좀 더 가볍게 만들기로 결정했다. 비어스는 잠시 스크럴을 내려놓았다. 그는 마치 호박 속의 파리처럼 진흙에 둘러싸여 꼼짝하지 않았다. 그런 뒤 비어스는 미네-르바의 허리를 부여잡고는 온 힘을 다해 우주선을 향해 동료의 몸을 지표면으로 밀어 올렸다.

비어스는 미네-르바의 몸이 진흙 표면을 천천히 뚫고 나가는 것을 확인했다. 하지만 그 순간 미네-르바가 정신을 차리고 있는지는 알 수 없었다.

이제 스크럴 차례였다. 비어스는 정신을 잃고 있는 외계인에게 손을 뻗어 허리를 부여잡고는 아까와 마찬가지로 지표면 위로 밀어냈다.

이제 비어스 차례였다. 비어스는 발을 세게 굴렀다.

하지만 아무 변화도 없었다.

위쪽에 있는 진흙이 그녀를 점점 더 아래로 밀고 있는 것 같왔다. 비어스가 발을 더 세게 구르고 고군분투하며 애를 쓸수록 진흙은 더더욱 그녀를 밀어내고 있었다.

비어스는 자신에게 무슨 일이 벌어지고 있는지 이해하지 못했다. 하지만 더 이상 숨을 참기가 어려우며 지표면은 전혀 가까워지지 않고 있다는 것은 알 수 있었다.

그리고 덩굴들은 점점 가까워지고 있었다.

덩굴은 이미 그녀의 왼쪽 다리를 붙잡았다. 비어스는 자신을 아래로 끌어당기는 힘을 느꼈다.

비어스는 포톤 에너지 광선을 한 번 더 쓸 힘이 남아 있을지도 모른다고 생각하고는 덩굴을 향해 주먹을 겨누었다. 순식간에 압도적인 고음이 들려왔고 윙윙거리는 소리가 천천히 귀를 가득 메웠다.

그때 은색 빛줄기가 진흙을 뚫고 내려와 덩굴을 두 조각으로 갈라버렸다. 그 모습에 비어스는 움찔했다.

미네-르바였다.

비어스는 최대한 세게 발길질을 하면서 주먹을 지표면 쪽으로 조준했다.

목덜미에 난 머리카락이 삐죽삐죽 서면서 윙윙거리는 소리가 다시 머릿속을 가득 메웠다.

그리고 마지막 사력을 다해 위쪽에 있는 진흙을 향해 발사했다.

CHAPTER 13

"너 이걸 조종할 수 있는 상태이긴 한 거야?"

미네-르바는 비어스를 향해 소리쳤다. 덩굴들과의 한판 승부에서 회복된 것이 분명했다. 그녀는 크리 전투기 선체 위에 서서 진흙 밑으로 블래스터를 발사하고 있었다. 진흙을 뚫고 나온 수십 개의 덩굴들은 전투기와 그 위의 세 생명체를 붙잡기 위해 필사적이었다.

비어스는 우주선 옆면을 움켜쥐고 숨을 가다듬으려 애를 썼다. 그녀는 자신의 능력을 모두 쓰고 미네-르바의 도움까지 받아가며 가까스로 진흙에서 탈출했다. 그 과정에서 포톤 에너지를 엄청나게 소모했기에 지금은 멍한 상태였다.

하지만 미네-르바가 해낼 수 있다면 그녀도 할 수 있었다. "난 언제든, 어디서든, 뭐든지 조종할 수 있어." 비어스의 말은 진심이었다. 덩굴이 얼굴을 스쳐 지나갔지만 비어스는 꿈쩍도 않았다. 그녀는 전투기의 해치를 열고 의식은 없지만 여전히 숨을 쉬고 있는 스크럴을 부여잡고 안으로 밀어 넣었다.

미네-르바는 계속해서 블래스터를 쏘면서 덩굴들이 올라오지 못하도록 했다. 때로는 덩굴들이 비어스를 스쳐 지나가기도 했지만 그녀는 잡히기 전에 그것들을 제압했다.

비어스는 해치로 미끄러지듯이 들어가 조종석으로 뛰어갔다. 그리고 즉시 우주선을 예열시키는 데 필요한 모든 절차를 생략하고 엔진에 시동을 걸었다. 시간이 없었다.

"돌아가려면 지금 당장 타야 해." 비어스가 우주선 밖까지 들리도록 크게 외쳤다.

잠시 후에 쾅하고 해치가 닫히는 소리가 들렸다. 미네-르바는 왼팔을 움켜쥐고 우주선의 안으로 들어왔다. 피를 흘리고 있었다.

"이 깡통을 여기에서 꺼내." 그녀는 인상을 쓰며 말했다.

"기꺼이 그러지." 비어스는 이렇게 대답하고는 전투기의 반동 추진기가 최대한 불을 뿜는 동안 조종석의 핸들을 세게 잡아당겼다.

우주선의 화력이 폭발했고 불꽃으로 인해 진흙탕에 분화구가 생겼다. 귀청을 찢을 것 같은 굉음이 대기를 가득 채웠다. 비어스가 지금껏 들어본 것 중 가장 거대하고 날카로운 소리였다. 귀를 막고 싶은 생각이 간절했지만 두 손으로 핸들을 잡아당기고 있어야 했기 때문에 그럴 수가 없었다.

소리는 선체를 뚫고 안까지 들려왔다. 미네-르바가 부조종석에 앉아 벨트를 채우며 물었다. "이 소리는 뭐야?" 선체가 진흙 표면에서 점점 멀어지기 시작했다.

"행성이 비명을 지르고 있어."

우주선은 순식간에 한때 아포스 프라임이었던 곳의 대기를 뚫고 날아갔다. 스크럴의 센서에 탐지되지 않도록 눈에 보이지 않을 정도의 속도를 내기 시작한 것이다.

병에 걸린 죽음의 행성 껍데기에서 점점 멀어지자 두 전사들은 눈에 띄게 편해졌다. 비어스는 어깨너머로 스크럴을 힐끗 바라보았다. 스크럴은 여전히 의식이 없는 상태로 가까스로 숨만 쉬고 있었다. 그녀는 다시 미네-르바 쪽으로 고개를 돌렸다.

"고마워." 비어스가 말했다. "저 행성에서 했던 일들 말이야."

"너도 똑같이 했을 거잖아." 미네-르바는 비어스를 쳐다보지도 않은 채 말했다. "그리고 사실 그렇게 했고. 그 점은 고마워."

비어스는 터져 나오는 웃음을 참기가 힘들었다.

"뭐가 그렇게 웃겨?"

"이 임무가 끝나기 전에 네가 나한테 고마워할 거라고 했잖아." 비어스가 씩 웃으며 말했다. "누가 맞았는지 보라고!"

CHAPTER 14

"스크럴 포로는 어떻게 됐어요?" 비어스가 물었다.

"심문 중이야. 그런 뒤 어떻게 처리할지 결정해야겠지." 욘-로 그가 말했다.

둘은 브리핑을 하기 위해 회의실로 향하는 복도를 걸었다. 스타포스의 다른 멤버들, 미네-르바와 아틀-라스, 브론-샤, 코리스는 회의실에서 그들을 기다리고 있었다.

비어스는 아포스 프라임에서 겪어야 했던 고난들 그리고 행성이 실제로 어떤 곳인지, 명령에 따라 그곳에 갔던 그녀와 미네-르바가 정말 어떤 위험에 처했던 것인지 묻고 싶었다. "사령관님… 아포스 프라임에 대해서 알고 있었어요?" 비어스가 물었다. "그랬다면, 왜 우리에게 경고해주지 않은 거죠?"

"우리도 아는 것이 없었어." 욘-로그가 말했다. "아포스 프라임에서 일어났던 일은 우리 모두에게 미스터리였어." 그는 아포스 프라임에 대한 더 이상의 대화를 끝내자는 것처럼 손을 저었다. "이제 브리핑을 준비하도록."

비어스는 실망한 채 자신의 상관을 앞질러 회의실로 걸어갔다. 그녀는 욘-로그가 뭔가 더 알고 있지만 말해주지 않는다고 느꼈다.

그들이 처했던 위험에도 불구하고 아포스 프라임에서의 임무는 중요한 것이었다. 미네-르바와 비어스는 끔찍한 힘을 밝혀냈고 적어도 더 많은 정보를 제공해줄 수 있는 증인을 데려왔다. 그리고 비어스는 임무를 완수하기 위해서는 미네-르바와 잘 지낼 수 있다는 사실을 알게 되었음을 인정해야 했다. 그들은 서로를 보호해주기까지 했다. 사실 그건 당연했기 때문에 놀랄 일이 아닌데도 불구하고, 놀라웠다.

회의실 문 앞에 도착한 비어스는 뒤를 돌아보았다. 욘-로그가 태블릿에 뭔가를 입력하고 있었다.

그녀가 스크린을 볼 수 있었다면 욘-로그가 태블릿에 입력한 *아포스 프라임/피어 카알/테스트 완료* 등의 단어를 볼 수 있었을 것이다.

그 단어들이 무엇을 의미하는지를 알기 위해서는 시간이 필요했겠지만.

그때는 그랬다.

하지만 지금은 상황이 달라졌다.

CHAPTER 15

"그녀를 두고 떠나!"

"우린 떠나지 않아." *치이이이이익* "─선택권 따위는 없어."

지이이이익 "─모든 것이 위태로워졌어!"

치이이이익 "─믿지 마─." *지이이이이익*

컴링크를 통한 대화는 계속해서 끊어졌고 대부분의 단어는 잡음 때문에 지지직거리면서 들렸다. 귀청이 터질 것 같았다. 하지만 비어스는 충분히 알아차릴 수 있었다.

자신이 위험에 처했다는 것을.

사실 확인을 위해 굳이 컴링크로 전후사정을 더 들어야 할 필요는 없었다. 우선 비어스의 오른쪽 다리에는 15센티미터 정도의 상처가 나 있었다. 상처에서는 푸른 피가 멈출 기색도 없이 철철 흘러넘치고 있었다. 불과 일 분 전, 그녀가 의식도 못한 사이 다리를 확 베어버린 잔다르 칼 덕분이었다.

그리고 비어스의 앞에는 잔다르 과학자가 숨진 채 고꾸라져 있었다. 피어 카알이었다.

그녀가 죽인 것이 아니었다. 폭발 때문이었다. 비어스가 몰래 침입한 벙커가 폭발했다. 그녀가 아직 살아 있는 것은 기적이었다.

하지만 피어는 그녀만큼 운이 좋지 않았다.

비어스는 고통으로 숨을 헐떡이면서도 신선한 공기를 들이마시려고 노력했다. 폐는 뜨겁게 타올랐고 끊임없는 다리의 통증과 함께 관자놀이에서 맥박이 요동치고 있었다. 맥박이 뛸 때마다 상처에서 피가 솟구쳐서는 발밑의 콘크리트 바닥에 작은 웅덩이를 만들고 있었다.

비어스는 눈을 몇 번 깜빡이며 얼굴을 찡그렸다. 시야가 점점 흐려져 연신 눈을 비벼댔다. 관자놀이는 점점 더 욱신거리기 시작했고 어지러움이 느껴졌다.

정신 차려, 비어스. 여기서 널 구해줄 사람은 아무도 없어. 스스로 해내야 해.

그러니 정신 똑바로 차려.

그리고 제대로 봐.

비어스는 몸을 일으켜 고개를 들고 좌우를 살피며 자신이 처한 상황을 파악했다. 그녀는 폭발이 일어난 벙커에 갇힌 채 잔해 더미 뒤에 웅크리고 있었다. 왼쪽에 있는 경사로와 오른쪽 통로 쪽에 잔다르인들의 시체가 널브러져 있는 것이 보였다.

몇 명이나 있었을까? 알 수 없었다. 워낙 잘 숨어 있었으니까. 노바 군단이었을까? 조금 전에 그녀를 죽이려고 했던 이는 분명 노바 군단이 아니었다. 노바 군단은 적어도 나름의 행동 강령에 의해 움직였고, 명예를 중시했다. 비어스는 이를 알고 있었다. 그들은 보통 칼을 들고 다니지도, 암살자처럼 목표물 뒤를 몰래 쫓지도 않았다.

잔다르인에 대한 비어스의 생각이 틀리지 않았다면 말이다. 어쩌면 욘-로그가 옳았던 것은 아닐까.

욘-로그는 언제나 옳지.

이번에도 틀리지 않았다면 말이야….

비어스는 다친 다리를 끌면서 파편 사이로 기어갔다. 그녀가 지나간 자리에는 핏자국이 남았다. 비어스는 제복 바지에서 뜯어낸 천 조각으로 상처를 묶었다. 일시적으로 지혈이 되는 것 같았지만 효과는 그다지 좋지 않았다.

이곳을 빠져나가지 못한다면 곧, 과다출혈을 일으킬 게 분명했다.

팀원들과 합류해야 했다.

그들이 비어스를 죽게 내버려두지 않았다면 말이다.

내가 망쳤어, 망쳤어, 망쳤다고….

CHAPTER 16

아침마다 그녀 안의 악마를 앞지르려는 듯이 달리던 예전의 모습과 똑같았다. 발은 계속해서 차례차례 땅을 두들기고 있었다. 비어스는 엄청난 속도로 달리고 있었다. 그녀는 계속해서 달려야 했다.

집중해.

그녀는 정말 집중했다. 너무나 집중한 나머지 무엇이 다가오고 있는지 미처 파악하지 못했다. 그리고 마지막 순간, 마침내 누군가 다가온다는 사실을 인식했을 때는 이미 늦어버리고 말았다.

"이봐!"

나이가 지긋해 보이는 남자는 비어스가 자신의 옆으로 부딪치자 도로 위로 넘어졌다. 딱딱한 바닥으로 쿵 소리를 내며 내동댕이쳐진 사내는 도로에 앉아 꼬리뼈를 문지르며 그녀를 노려보았다. 비어스도 가속도 때문에 바닥에 쓰러질 뻔했지만 오른발로 땅을 구르고 다시 왼발로 중심을 잡아 가까스로 멈추었다.

"앞을 좀 제대로 보면서 달리지 그래? 내가 —."

관자놀이 쪽에만 머리카락이 드문드문 있는 대머리의 남자는 눈썹을 치켜뜨며 그녀를 올려다보았다. 비어스는 그의 얼굴에서 혼란스러움과 불안해하는 표정을 보았다. 남자는 비어스의 창백한 피부와 금발을 보고는 그녀가 자신과 '다르다'는 사실을 인식한 것이었다. 그리고 비어스의 차림새와 옷에 달린 휘장을 알아보자마자 남자의 눈빛은 순식간에 바뀌고 험악한 태도 역시 언제 그랬냐는 듯 사라졌다.

"죄송합니다." 남자는 부드럽고 나긋한 말투로 말했다. "정말 죄송합니다. 제 불찰입니다."

비어스가 손을 뻗었다. "아닙니다. 제 잘못입니다." 그녀는 거의 한 시간이나 뛰어왔지만 숨결은 차분하고 진정되어 있었다. "앞을 똑바로 봤어야 하는데, 제대로 —."

남자는 손을 내저으며 비어스가 내민 손길을 만류했다. "아니에요. 괜찮습니다. 제가 주위를 잘 살폈어야 했어요. 우리를 지켜주셔서 감사합니다." 일어서서 무릎의 먼지를 털던 남자는 통증 때문에 잠시 움찔했다. 하지만 이내 비어스가 자신을 유심히 지켜보고 있다는 것을 알아채고는 곧바로 찡그린 얼굴을 미소로 바꾸었다.

"정말 괜찮으세요?"

"아주 좋습니다." 남자는 이렇게 말하곤 이상한 포즈로 가볍게 경례를 하곤 사라졌다.

비어스는 머리를 긁적이곤 양손으로 엉덩이를 짚은 채 몸을 살짝 굽혔다. 그런 뒤 숨을 크게 들이쉬었다. 여전히 스타포스 소속이라는 이유만으로 존경을 받는 이런 상황이 익숙하지 않았다. 비어스는 크리의 최정예 전투 부대인 스타포스의 일원으로, 동료들과 함께 크리 제국의 사람들과 재산을 지키고 있었다. 그녀는 자신에게 주어진 임무를 진지하게 받아들였고 크리 제국의 시민들은 스타포스를 존경하고 명예롭게 생각했다.

이른 아침의 거리 저 멀리로 남자가 사라지는 모습을 잠시 보고 있던 비어스는 이내 다시 달리기 시작했다. 스타포스의 다른 멤버들은 그녀의 이런 혹독한 트레이닝에 대해서 종종 한 마디씩 하곤 했는데 특히 미네-르바가 그랬다.

왜 밖에서 달리는 거야? 미네-르바는 몇 번이나 이렇게 물었다. 분명 경멸하는 어조였다. *그건 무의미한 활동이야. 전투를 준비하기 위한 더 좋은 방법들도 많다고.*

왜 달리는 것일까? 달리기는 무엇보다도 머리를 맑게 해준다. 달릴 때면 마음에 담고 있던 모든 것을 지워버릴 수 있었다. 언제나 비어스를 따라다니며 괴롭히는 지긋지긋한 생각들도 떠오르지 않았다. 결코 눈에 보이지 않고 잡을 수도 없는 기억 같은 것들도 잊을 수 있었다. 사라질 줄 모르고 계속해서 남아서 마음 한구석을 차지하면서도, 무엇인지 뚜렷하게 파악하지도 못하는 기억들까지도.

발이 땅을 구르기 시작하자 비어스는 곧 다시 자신의 리듬을 만들었다. 숨소리와 심장박동 소리가 도시의 소음을 삼켜버렸고 이에 따른 백색 소음이 귀를 가득 채웠다. 비어스는 스스로 항상 일찍 일어난다고 생각하긴 했지만 요즘은 특히 더했다. 잃어버린 기억들이 그녀를 괴롭혔으니까.

비어스는 하늘을 향해 높이 솟은 고층 빌딩들을 올려다보았다. 모든 건물들이 날카롭고 각진 모습을 하고 있었다. 곡선은 거의 찾아볼 수 없었다. 비어스는 이런 모습이 흥미롭다고 생각했다. 빌딩들은 할라 사람들의 성격과 잘 어울리는 것 같았다.

계속 뛰어.

뛰면 생각하지 않아도 돼.

나 같은 일을 하는 사람은 생각 때문에 죽을 수도 있어.

CHAPTER 17

욘-로그는 말보다는 행동으로 보여주는 사람이었다. 말은 적을수록 좋고 행동은 많을수록 좋으니까.

임무는 명확하고 간결하게 전달되었지만 쉽게 받아들이기 어려웠다. 하지만 크리의 전투 부대 중 최고의 엘리트들을 이끌고 있는 리더이자 사령관인 욘-로그에게는 어려운 임무는 물론 불가능에 가까운 것조차 익숙했다. 그는 이보다 훨씬 더 힘든 일도 해냈다.

하지만 그것은 시작에 불과했다. 그날 늦게 또 브리핑이 있을 예정이었고, 이번에는 스타포스 전체가 모일 것이었다. 욘-로그는 머리를 흔들며 숱이 풍성한 머리카락을 손으로 쓸어 넘겼다.

그들은 준비가 되어 있을 겁니다. 그는 상사에게 이렇게 말했다. 스타포스는 언제나 준비되어 있었다. 욘-로그는 그들을 믿었다. 대원 하나하나 모두를.

하지만 그는 대원들 중에 자신과 생각이 다른 사람들이 있다는 것을 알고 있었다.

스타포스가 이 임무를 완수하려면 모두가 함께 일하고 서로의 뒤를 봐주면서 협력해야만 했다.

단 한 사람도 실수를 해서는 안 되었다.

그리고 이는 비어스를 주의해서 지켜봐야 한다는 것을 의미했다.

"와우, 벌써 나오셨네요." 비어스가 말했다. "보통은 제가 불러내야 하는데 말이죠."

운동복 차림의 욘-로그는 자신의 아파트 앞에 서 있었고 비어스는 그의 옆을 뛰어다니고 있었다.

"난 언제나 준비되어 있어. 그렇지 않을 때조차도." 욘-로그가 말했다.

둘은 거리를 달리기 시작했다. "그리고 난 자네의 열정과 추진력을 높이 평가해." 욘-로그가 말했다.

"혹시 그 말은 '제발 꼭두새벽에 집에 찾아오지 마라'라는 뜻인가요?" 비어스가 씩 웃으며 물었다.

"그렇다고 할 수 있지." 그의 대답은 농담이 아니었다.

비어스는 어깨를 으쓱하고는 욘-로그와 대열을 맞추어 고요하고 한적한 거리를 달려갔다. 이른 아침의 도시는 움직임이 거의 없이 고요했다. 야간 근무를 마치고 집으로 돌아가는 몇몇 사람들과 일찍 일터로 향하는 사람이 전부였다.

"사령관님 집으로 가는 길에 누군가를 우연히 마주쳤어요." 비어스는 대화를 시작했다. 그녀는 단어를 균등하게 강조했다. 달리는 속도는 빨라졌지만 호흡은 쉬워졌다.

"내가 아는 사람인가?"

"아니요, 말 그대로 그냥 누군가와 부딪혔어요. 그 사람한테 달려들었죠." 비어스는 오른손으로 왼손을 세게 내리치면서 자신이 말하려는 요지를 설명했다.

"자네와 자네의 달리기 얘기로군." 욘-로그가 고개를 저으며 말했다. "도무지 만족할 줄을 모르는 것 같아. 이해가 안 돼."

"아마 이해하려고 노력하시면 할 수 있을 거예요."

욘-로그는 비어스를 보며 미소를 지었다. 그에게는 체육관까지 달리는 것만으로도 충분했다. 욘-로그에게는 달리는 것이 원하는 목적을 달성하는 데 유용하고 필요한 수단일 뿐이었지만 비어스에게는 그 자체가 목적인 것 같았다. "그런 재미는 자네에게 양보하지."

그들이 체육관에 도착했을 때 그곳에는 아무도 없었다. 멋지기는커녕 그저 낡은 체육관일 뿐이지만 두 전사의 목적에는 딱 맞는 장소였다. 욘-로그는 비어스에게 매트 쪽으로 오라고 손짓을 한 다음 두 손을 들었다. 그는 상대를 바라보며 고개를 끄덕였다.

집중하지 않는 게 분명해.

우리는 해낼 수 없을 거야.

"준비 됐나?" 욘-로그가 오른손으로 손짓하며 물었다.

"저는 오히려 사령관님이 준비가 되었는지 묻고 싶은데요." 그녀는 대답 대신 되물었다. 비어스는 공격 자세를 잡고 오른쪽 다리를 뻗어 크게 휘둘렀다. 욘-로그는 고개를 숙이며 이를 피했다. 그리고 왼손으로 그녀의 다리를 잡고 오른손으로 종아리를 내려쳤다.

비어스는 신음소리를 내며 거의 매트 위로 쓰러질 뻔했다. 왼쪽 무릎으로 착지하며 겨우 균형을 잡은 비어스는 두 손으로 매트를 짚고 굴러서 다시 일어섰다.

"좋아. 그렇게 허술하게 나를 공격하려면 적어도 굴러서 도망치는 법은 알아야지."

"누가 공격이래요? 그저 약점을 찾고 있었을 뿐이라고요." 비어스의 얼굴에는 자신감으로 가득 찬 미소가 떠올랐다.

"농담은 그만하고 시합이나 계속하지." 욘-로그가 이렇게 말하며 오른팔을 뻗자 비어스는 자신의 오른쪽으로 몸을 숙여 피했다. 욘-로그의 손이 그녀의 목에 거의 닿을 뻔했다. 비어스가 여전히 웅크린 채로 왼쪽 다리를 뻗어서 아래쪽에서부터 쓸어 올려 욘-로그의 다리를 때리자 그는 등을 대고 쓰러졌다. 욘-로그가 매트 위로 넘어지자 둔탁한 소리가 울려 퍼졌다.

욘-로그는 눈을 깜빡였다. 눈을 뜨자 비어스가 무릎을 꿇고 자신을 내려다보는 모습이 보였다. 그녀의 오른손이 그의 눈 바로 위에서 공격할 태세를 하고 있었다.

"약점을 찾은 것 같은데요." 비어스가 여전히 웃으며 말했다.

그녀는 이걸 너무 가볍게 받아들이고 있어.

절대 경계를 늦출 수 없다는 것을 알아야 해.

욘-로그는 아무 말 없이 번개처럼 오른손을 뻗어 비어스의 손을 세게 쳤고 비어스는 균형을 잃고 내동댕이쳐졌다.

절대로 경계를 풀어서는 안 돼.

잠시 후, 욘-로그는 다시 일어섰다. 비어스는 다시 방어 자세를 취한 후 뒤로 물러섰지만 복부를 얻어맞았고, 다시 한 차례 더 맞은 뒤에 바닥에 쓰러졌다. 그들은 서로에게 결정타를 날리지는 않고 있었다. 그저 상대를 숨차게 해서 호흡을 거의 못하게 만들 정도의 힘만 쓸 뿐이었다.

이제는 비어스가 매트에 쓰러질 차례였다.

비어스는 숨을 헐떡이며 가까스로 폐가 필요로 하는 공기를 들이마시려고 애를 쓰고 있었다.

"약점을 찾는 데 오래도 걸리는군." 욘-로그가 비어스를 내려다보며 말했다.

천천히 통증이 잦아들었고 비어스는 마침내 다시 숨을 쉴 수 있었다. "이겼다고 생각하시겠죠." 그녀는 비틀거리면서 앉은 자세로 숨을 들이쉬려고 애를 쓰고 있었다.

"만일 이걸 진지하게 받아들이는 법을 배우지 못한다면 자넨 결국 죽고 말 거야." 욘-로그의 목소리는 매우 침착했다. 그의 말은 결코 과장이 아니었다. 단순하게 사실을 말할 뿐이었다.

"믿기 힘드시겠지만, 전 정말 진지하게 생각하고 있어요." 비어스는 다소 방어적으로 말했다. "훈련, 임무, 스타포스… 전부 다요."

"나도 그건 알고 있어. 그리고 자네에게 잠재력이 있다는 것도 알고 있지."

"그런데 왜 전 그 잠재력을 못 느끼는 걸까요?"

욘-로그는 등을 돌렸고 비어스는 매트에서 일어났다. 그들은 가장자리로 걸어갔다. 욘-로그는 바닥에서 수건을 집어 들어 비어스에게로 던지고는 자신도 수건을 집어 얼굴의 땀을 닦아냈다.

"어떤 의심도 하지 마. 난 자네가 이 팀의 일원이 될 정도로 훌륭하다는 것을 알고 있어. 그러니 *자네도* 그렇게 알아야 해."

그는 손가락으로 비어스의 머리를 가리켰다. "난 이 안에서 무슨 일이 일어나는지 몰라." 욘-로그가 말을 시작했다. "하지만 만일 자네가 생각을 정리하거나 집중할 수 없다면…."

비어스는 크게 한숨을 내쉬고 수건으로 얼굴을 닦았다. "전 크리의 전사예요. 의심하지 마세요."

비어스는 이렇게 말하곤 욘-로그의 얼굴에 수건을 던졌다. 그리고 순식간에 그의 배를 걷어찼고 날카롭게 목을 타격했다. 욘-로그는 중얼거리며 수건을 옆으로 던지고 뛰어 서서 공격 모드로 전환했다.

널 의심할 빌미를 주지 마.

CHAPTER 18

비어스는 찌르는 듯이 날카로운 통증 때문에 다시 정신을 차렸다.

상황이 아무리 나쁘다고 해도 언제나 더 나빠질 수 있는 법이다.

아주 많이.

그건 분명 단순한 임무였다. 들어갔다가, 나오는 것.

피를 흘리지 않고 말이다.

크리는 몇 년간 피를 흘려왔다. 끝나지 않을 것처럼 보이는 잔다르인들과의 전쟁에서 피를 흘렸던 것이다. 수많은 사람들이 희생됐고, 엄청난 자원도 사라져버렸다.

너무나 많은 피를 흘렸다.

이 임무는 그런 상황을 바꾸기 위한 것이었다. 이 임무를 통해 흐름을 바꾸고 힘의 균형을 크리에게 유리하도록 뒤집으려

했다. *평화가 오고 있다*는 말이 들렸다. 최고위층 수준에서 협상이 진행되고 있다는 소문이 돌았다. 하지만 크리의 군대에는 평화란 무력으로만 가질 수 있는 것이라고 믿는 이들이 있었다.

스타포스가 크리의 힘이었다.

다리를 움켜쥐자 입에서 저절로 헉 소리가 나왔다. 비어스는 간신히 숨을 내쉬었다. 임시로 만든 지혈대는 아무런 소용이 없었다. 다리는 욱신거렸고 종아리 옆쪽으로 끈적하고 푸른색 피가 떨어지면서 붕대를 적셨다. 피의 온기가 느껴졌다.

좋지 않아. 적어도 지금 당장은 아무도 날 쏘지 않겠지.

그녀는 부서진 건물에 난 틈을 통해 이전에 잔다르 군인들을 발견했던 먼 곳을 자세히 살펴보았다. 그곳에는 그들의 흔적이 보이지 않았다. 어떤 움직임도 없었다. 비어스는 기회를 포착하고 일어서려고 했다. 이곳에서 나가서 동료들이 구출하러 올 수 있는 안전한 장소로 피해야 했다.

그녀는 다친 다리로 중심을 잡으려고 했지만 몸무게를 감당하기에는 역부족이었다.

다리의 부상은 그녀의 생각보다 훨씬 더 심각한 게 분명했다.

훨씬 더.

비어스는 입술을 깨물고 심호흡을 했다. 그리고 숨을 잠시 멈추었다가 다시 내쉬었다.

집중해. 계속 집중해야 해. 고통을 이겨내.

그녀는 다시 한 번 일어서려고 시도했다. 이번에는 성공했다.

고통으로 눈앞이 흐려질 정도였다. 하지만 다리는 휘청거리지 않았고 그녀 역시 넘어지지 않았다. 다리를 완전히 못 쓰게 되기까지 얼마나 버틸 수 있을지 비어스로선 알 수 없었다. 그녀는 다친 다리를 질질 끌면서 가능한 한 빨리 움직여 건물에 기대어 섰다. 오른손으로는 다리를 타고 흐르는 피를 닦아냈다.

누가 따라오지 못하도록 흔적을 남겨선 안 돼.

건물의 가장자리에 다다랐을 때 비어스는 갑작스러운 어지러움에 비틀거렸다. 현기증 때문에 방향을 잡을 수가 없었다.

좋지 않아, 좋지 않아.

"움직이는 걸 본 것 같은데!"

비어스는 어디선가 들려오는 목소리에 다시 정신을 차렸다.

집중해….

그녀는 모든 동작을 멈추고 건물 벽에 기대어 숨을 참았다. 처음 들었던 목소리에 누군가 대답하기를 기다렸지만 정적만이 흐를 뿐이었다. 그때 비어스는 잔해를 따라 걸으면서 내는 바스락거리는 소리를 들을 수 있었다. 그들은 가까이 있었다. 하지만 아직 그녀의 위치를 알아차린 것은 아니었다. 아직은.

한 놈뿐인 것 같은데.

비어스는 천천히 목을 돌렸다. 간신히 돌 위쪽으로 나타난 적의 모습을 볼 수 있었다. 그의 모습이 확실히 보이자 유니폼으로 정체를 알 수 있었다.

노바 군단이 틀림없어.

노바 군단의 장교는 키가 180센티미터는 넘어 보였고 근육질에 덩치가 좋아 보였다. 그는 오른쪽 손목에 달린 블래스터 총을 휘두르고 있었다. 비어스는 그가 신경성 틱 장애 환자처럼 손가락으로 총을 살살 두드리고 있는 것을 알아차렸다. 장교는 눈을 왼쪽에서 오른쪽으로, 오른쪽에서 왼쪽으로 굴리면서 주위를 살피고 있었다.

나한테 총을 겨누려 하고 있어.

그녀는 다른 노바군이 어디에 있는지 궁금했다. 지금쯤이면 그들이 출동했을 것이 분명했다. 그들에게 무슨 일이 생긴 것이 아니라면 말이다.

혹은 누군가를 만났다면?

비어스는 가만히 앉아 다음 행동을 계획했다. 비어스가 선택할 수 있는 것은 노바군이 그녀를 찾지 못하기를 바라거나, 아니면 그들을 재빨리 쓰러뜨리는 것, 둘 중 하나였다. 눈치채지 못하게 몰래 빠져나갈 방법은 없었다. 지금은 불가능했다. 이른 아침마다 가졌던 욘-로그와의 전투 훈련들을 생각하자 비어스의 가슴이 뛰기 시작했다. 그녀는 맨손으로 적을 쓰러뜨리는 방법을 수십 가지는 알고 있었다. 무기가 필요 없는 방법들도 있었다. 하지만 부상당한 다리 때문에 움직이지 않고 가만히 서서 해결할 방법을 찾아야 했다.

비어스는 돌에 기대어 다시 모퉁이를 둘러보았다. 노바군은 보이지 않았지만 다가오는 발소리를 들을 수 있었다.

점점 더 가까이.

비어스는 잠시 동안 다리가 아픈 것을 잊고 심호흡을 하려다가 기관지를 따라서 찌르는 듯한 통증을 느꼈다. 목이 조여들었고 침을 삼키려고 할 때면 목이 아팠다. 어지러운 느낌도 그대로였다.

돌이 움직이는 소리가 들렸다.

점점 가까이 오고 있었다.

집중해.

아프다, 아프다, 아프다, 아프다…

가까이 오고 있다.

그러다 갑자기 비어스가 손을 내밀어 움켜쥐었다.

CHAPTER 19

　그들이 임무를 수행하기 전날, 미네-르바는 스타포스 최고의
저격수로서 다른 사람들처럼 사격 연습을 하며 하루를 보내고
있었다. 미네-르바는 잡고 있던 라이플을 들어올렸다. 손에서
느껴지는 묵직함이 만족스러웠다. 그녀는 라이플의 개머리판
을 오른쪽 어깨에 단단히 갖다 댄 후 조준경을 들여다보았다.
목표물은 겨우 300미터밖에 떨어져 있지 않았다. 미네-르바는
이렇게 조준경을 통해 목표를 맞추는 것에 익숙했다. 잠을 자
면서도 할 수 있을 정도였다. 하지만 이 훈련의 목적 역시 그것
이었다.

　여자는 방아쇠를 당겨 한 발을 겨누고 발사했다.

　또 한 발.

　그리고 또 한 발.

　"훌륭합니다." 모습은 보이지 않고 어디에선가 목소리만 들려

왔다. 공중에서 울려 퍼지는 소리였다. "세 발 발사. 직접 타격 세 발. 피해 상황 평가: 최대 치사율."

"'최대 치사율'을 네 밴드의 이름으로 써야겠어."

미네-르바는 눈을 흘겼다. 그녀는 아틀-라스가 말하는 동안 그를 쳐다보지도 않았다. 아틀-라스가 그녀의 뒤쪽으로 걸어 가면서 권총을 장전하는 소리가 들렸다.

"너도 *개*와 똑같아." 미네-르바는 라이플을 다시 어깨에 붙이 고는 목표물을 겨냥하면서 말했다. "이걸 모두 장난이라고 생 각하는 거지."

"사령관은 그녀에 대한 믿음을 갖고 있어." 아틀-라스가 사격 장에서 자리를 잡으며 말했다. "나도 그렇고."

"네가 총격전에서 꼼짝 못하는 위기에 처해서 죽기 전에 적 을 쓰러뜨려줄 누군가를 필요로 하는 상황이 와도 그 믿음이 도움이 될까?" 미네-르바는 연달아 총을 쏘면서 격앙된 목소리 로 말했다. 총알들은 목표물에 명중했다. 이전과 마찬가지로 살 아 있는 대상을 목표로 했다면 치명상을 입혔을 것이다.

"훌륭해." 아틀-라스가 말했다. 이때 완벽한 타이밍으로 스피 커 너머로 전자음이 들려왔다. "두 발 발사. 직접 타격 두 발. 피 해 상황 평가: 최대 치사율."

"계속 말해봐. *네게* '최대 치사율'을 경험하게 해줄 테니까." 미네-르바가 날카롭게 말했다.

"이미 잘 알고 있어." 아틀-라스가 대답했다.

한 시간 후, 미네-르바는 사격장에서 걸어 나와 무기 보관함이 있는 곳으로 들어갔다. 아틀-라스 역시 그녀의 뒤를 따라 자신의 쌍권총을 보관함에 넣었다.

"왜 그렇게 개한테 특히 빡빡하게 구는 거야?" 아틀-라스가 물었다.

"왜 그런지 잘 알 텐데." 미네-르바가 쏘아붙였다.

"뭐야, 사령관이 개를 좋아하니까?"

"사령관은 누굴 편애하거나 하지 않아." 미네-르바는 그 말이 스스로에게조차 너무나 거짓말처럼 들려서 움찔했다. 그녀는 좁은 복도로 통하는 문을 열고 어둑어둑하게 불이 켜진 터널을 따라 걸어갔다. 길 끝에는 노란 문이 하나 있었다. 문 앞에 다다르자 문이 열렸고 미네-르바는 안으로 들어갔다. 아틀-라스가 바로 뒤를 따랐다. "1층." 미네-르바가 이렇게 말하자 엘리베이터는 건물의 68층에서 빠르게 아래로 내려갔다.

"비어스가 나타나기 전에는 네가 가장 총애를 받았지." 아틀-라스가 말했다. "이제는 개가 여기서…." 그는 말끝을 흐렸다. 하지만 미네-르바는 그의 말이 무슨 뜻인지 알고 있었다.

"우리는 스타포스야." 미네-르바가 단호하게 말했다. "우리는 임무를 수행하려고 이곳에 있는 거야. 아무도 하고 싶어 하지 않는 일, 누구도 할 수 *없는* 일이지. 난 너희들 누구를 위해서

라도 내 목숨을 걸 수 있다고 생각하며 살아왔어. 그때가 되었을 때 그 애도 똑같이 할 것인지를 알고 싶을 뿐이야."

"비어스도 자기 몫을 다 할 거야." 아틀-라스가 말했다. 엘리베이터 문이 열리자 분주한 거리가 눈앞에 펼쳐졌다.

할라의 일상적인 하루였다.

둘이 거리로 나서자 그들의 유니폼을 알아본 사람들이 즉시 길을 비켜주었다.

그들은 우리가 자신들을 구해줄 거라고 믿고 있어. 그들 모두.

"비어스가 자기 몫을 다 하는 게 좋을 거야." 미네-르바는 어깨너머로 이렇게 말하고는 아틀-라스에게서 멀어져 혼자 걸어갔다.

CHAPTER 20

회의실은 작고 어둑했다. 환기가 되지 않아 공기는 엉망이었다. 거대한 브론-샤가 등장했음에도 상황은 나아지지 않았다. 그는 마치 벽으로 만든 것 같았다. 아니 그보다 더 크고 튼튼했으며 마치 그 어둡고 푸른 방 안의 절반을 혼자 차지하는 것처럼 보였다. 천장이 낮았기 때문에 브론-샤는 몸을 웅크린 채오른손으로 턱수염을 쓰다듬으며 무표정하게 서 있었다.

"이 모든 상황을 어떻게 생각해?" 비어스가 빛이 나오는 바닥을 따라 서성거리며 물었다.

브론-샤는 느릿하게 대답했다. "내 생각에는, 네가 왔다 갔다하는 걸 그만해야 할 것 같아. 널 보고 있으면 어지러워지거든."

비어스는 그의 말에 아무런 반응을 하지 않았고 돌아다니는것을 멈추지도 않았다. "난 오늘 아침에 막 사령관을 보고 왔어. 아무 말도 안 하던데. 뭔가 이상한 일이 벌어지고 있어."

"어쩌면." 브론-샤가 특색 없는 벽에 등을 기대면서 동의했다. "이상한 일이 좋은 것일 수도 있어. 흥미를 갖게 하잖아."

"지난번에 '흥미'가 있었던 때를 기억해?"

비어스의 질문에 브론-샤의 입꼬리가 올라가며 무표정하던 그의 얼굴에 살짝 미소가 번졌다. "물론 기억하지. 그놈이 깨물 거라고 누가 짐작이나 했겠어?"

"음, 난 짐작했는데. 미네-르바도 알았고. 아틀-라스도 그렇게 생각했어. 우리 모두 그 생물체가 깨물 거란 걸 알고 있었어."

브론-샤의 얼굴에 번졌던 미소는 거의 웃음이라고 해도 될 정도로 커졌다. "넌 옳은 판단을 내리는 걸 좋아해, 그렇지?"

"난 살아 있는 걸 좋아해." 비어스가 대꾸했다.

"계속 살아 있도록 하지." 욘-로그가 문을 열고 회의실로 들어오며 말했다. 서두르는 기색은 없었지만 그의 태도는 완전히 사무적이었다. 그의 옆에는 키가 큰 남자가 서 있었는데, 역시 진지해 보였다. 어쩌면 더 진지한 것 같았다. 욘-로그 뒤의 남자는 브론-샤와 비어스에게 고개를 까딱하는 것으로 인사했다. 그의 모든 행동과 마찬가지로 인사는 깍듯하고 정확했다.

"사령관님." 비어스가 스타포스의 리더에게 인사한 뒤, 팀의 부지휘관을 알아보곤 인사를 덧붙였다. "코라스."

두 사람 뒤로 문이 닫혔다. 욘-로그는 회의실 가운데에 있는 테이블 위에 작은 태블릿을 올려놓았다. 그는 시선을 돌리지 않고 물었다. "아틀-라스와 미네-르바는 어디에 있지?"

말이 떨어지기가 무섭게 문이 열리며 미네-르바가 들어왔고 곧바로 아틀-라스가 뒤를 이었다. 이제 스타포스 팀 전체가 한 자리에 모였다.

"무슨 상황인가요?" 미네-르바가 물었다. 그녀의 목소리는 사무적이었지만 평소보다는 다소 날카로운 듯했다. 미네-르바는 비어스를 바라보고 다시 욘-로그를 보았다.

욘-로그는 미네-르바의 말투에 어떤 반응도 하지 않았다. 욘-로그가 검지로 태블릿을 빠르게 조작하자 태블릿의 위쪽 허공에 크리의 우주 영토를 나타내는 홀로그램이 나타났다. 크리가 점령했거나 크리의 통제하에 있는 행성들은 푸른색으로 빛나고 있었다. "크리는 전쟁 중이야. 이건 새롭다고 할 수도 없고 누구나 알고 있는 사실이지. 우리 모두가 태어나기 전부터 전쟁 중이야. 우리 부모님이 태어나기도 전부터 전쟁을 하는 중이었지." 욘-로그는 비어스를 바라보았다. 그리고 자신과 눈을 마주친 비어스의 얼굴색이 변하는 것을 보고 그녀에게서 시선을 거두었다. 비어스는 부모가 어디에서 태어났는지는 고사하고 부모가 누구인지도 몰랐다.

욘-로그는 녹색으로 빛나는 행성이 보일 때까지 검지로 태블릿을 조작하여 홀로그램을 이동시켰다.

"우린 스크럴과도 전쟁 중이지." 욘-로그가 녹색 행성들을 가리키며 말했다. "놈들은 형태를 바꿀 수 있는 능력을 갖고 있어. 그들이 바깥쪽 영토에 있는 행성들을 점점 더 점령하고 있지.

스크럴은 무자비해. 그 때문에 우리는 점점 많은 병사들을 소집하고 더 많은 무기를 모아야 했어. 그들과의 전쟁 때문에 크리 제국의 자원이 고갈되고 있어."

"그럼, 뭘 해야 할까요." 비어스가 끼어들었다. "바자회라도 여는 건가요?"

"바자회가 뭐야?" 코라스가 무척이나 진지한 표정으로 물었다.

"나도 그 '바자회'가 뭔지 궁금한데." 브론-샤도 거들었다.

욘-로그는 아무 말도 못 들은 척 말을 이었다. "슈프림 인텔리전스는 모든 인력과 자원을 스크럴과의 전쟁으로 돌려야 한다고 판단했고, 그들과의 전쟁에 필요한 자원을 보존하고 전환하기 위해서는 다른 쪽과의 지속적인 갈등을 끝내야 한다는 논의가 있었다는 사실을 알려왔다."

"다른 쪽?" 미네-르바가 욘-로그의 말을 따라 했다. "설마… 잔다르는 아니겠죠?"

"그건 불가능해." 아틀-라스가 믿을 수 없다는 듯이 말했다.

그녀답지 않게 비어스는 말이 없었다. 대신 자신의 의자에 기대어 앉아 욘-로그가 말을 계속할 수 있도록 회의실 안이 조용해지길 기다렸다.

"잔다르와의 갈등은 스크럴과의 싸움에 필수적인 자원들을 끌어다 쓰고 있다." 욘-로그는 마치 스스로를 설득시키려 노력하는 것처럼 보였다. "이 때문에, 그래, 잔다르와 평화협정을 맺을 가능성이 제기되었다고 한다."

회의실 안이 조용해졌다. 크리는 수 세기 동안 잔다르 행성의 주민들과 전쟁 중이었고 어느 쪽도 갈등을 끝내기에 충분한 우위를 확보하고 있지 않았다. 크리의 군대는 우위를 점하기 위해 전사들과 자원을 지속적으로 투입해왔는데 이제 평화가 필요하다는 의견이 대두되면서 그것들이 무의미하게 보이는 상황이 온 것이다.

"우리 임무는 뭔가요?" 비어스가 회의실 안을 가득 채운 무거운 침묵을 깨고 물었다.

욘-로그는 다시 태블릿을 만지면서 오렌지색으로 물든 세상을 보여주었다.

"스타포스는 시길에 침투하라는 명령을 받았다. 그곳에서 우리는 잔다르의 탈주자들과 접촉할 수 있을 것이다. 우리는 잔다르인들이 개발 중인 무기의 설계도를 입수하고 탈주자들과 설계도를 모두 이곳으로 데려와야 한다." 욘-로그가 이렇게 설명했다.

"시길은 잔다르 영역의 깊숙한 곳에 있어요." 미네-르바가 말했다. "그들이 점령하고 있는 영토입니다. 외부의 도움 없이 우리끼리 임무를 완수해야겠군요."

"자넨 혼자 해결하는 것 좋아하잖아." 욘-로그의 대답에 미네-르바는 미소를 지었다.

"평화가 가까워졌다면서 왜 이 임무로 위태롭게 만드는 거죠?" 비어스의 질문에, 미네-르바는 너무 뻔하고도 어처구니없는 질문이라는 듯이 쳐다보았다.

코라스는 비어스를 바라보며 냉정하게 말했다. "만약 잔다르와 크리가 평화로운 관계를 맺게 된다면 우리는 크리가 힘의 우위에 있도록 해야 해."

욘-로그가 고개를 끄덕이며 이렇게 덧붙였다. "잔다르의 무기를 입수하면 우리가 그 위치를 점할 수 있어. 크리는 결코 잔다르에 종속되어서는 안 돼."

비어스는 납득하지 못했지만 고개를 끄덕였다. 만약 잔다르와의 전쟁을 끝내는 모든 목적이 모습을 바꾸는 적들에게 집중하기 위해서라면 스크럴과의 전쟁보다 스타포스가 더 잘 활약할 수 있는 곳은 없을 것이다. 비어스는 이 임무에 무언가 불안한 부분이 있다고 느꼈다. 하지만 그것이 정확히 무엇인지 지적할 수는 없었다.

"한 시간 후에 출발한다. 1100시에 격납고에서 만나자." 욘-로그는 태블릿을 들고 회의실을 나서며 말했다. 코라스는 모두를 둘러보고 마지막에 고개를 까딱하며 인사를 하고 그의 뒤를 따랐다.

CHAPTER 21

"뭐 걸리는 거라도 있어?"

회의가 끝나고 미네-르바가 비어스에게 물었다.

"왜 뭔가 걸리는 게 있어야 해?" 비어스는 이렇게 대답하곤 자리에서 일어나 의자를 테이블에 집어넣고 미네-르바를 지나쳐 문을 향해 걸어갔다. 비어스는 그 사나운 전사가 자신을 싫어하는 것을 오랫동안 느껴왔고 시간이 지나면서 그 느낌은 상호적으로 변해갔다.

"그냥 뭔가 그런 것 같아서. 신경 쓰진 않지만." 미네-르바는 마치 비어스의 질문을 사라지게라도 하듯이 실제로 손을 흔들며 말했다.

비어스는 뒤돌아서 미네-르바를 노려보았다. "그럼 왜 묻는 건데?"

미네-르바는 잠시 비어스를 올려다보다가 아랫입술을 깨물었다. 그리고 비어스의 눈을 똑바로 바라보고는 퉁명스럽게 말했다. "난 그저 네가 언제 실수할 건지 궁금할 뿐이야."

그러니까 이 모든 게 그 때문이란 거지.

"계속 기다려." 비어스는 문 쪽으로 걸어가며 등 뒤로 말을 던졌다. "그런 일은 없을 테니까."

"비어스는 이제 우리 일원이야." 아틀-라스가 끼어들었다. "그녀는 나나 브론-샤와 마찬가지로 스타포스 중 하나라고."

브론-샤는 동의한다는 의미로 고개를 끄덕였고 그의 거대한 머리가 위아래로 흔들렸다.

"그래, 우리 일원이지." 미네-르바가 말했다. "힘든 결정을 내려야 할 때 비어스가 그 사실을 기억했으면 좋겠어."

저건 또 무슨 소리야?

비어스는 화가 치밀어 폭발하려는 것이 느껴졌다. 그러다가 욘-로그가 훈련하면서 그녀에게 했던 말을 떠올렸다.

집중해.

미네-르바와 다투는 것은 그녀 자신과 팀, 양쪽 모두에게 도움이 되지 않을 것이었다. 특히나 위험할지도 모르는 새로운 임무를 시작하려는 상황에서는 더더욱 그러했다.

"넌 분명 사람들과 잘 어울리는 방법을 배워야 해." 비어스는 닫히는 문 사이로 브론-샤가 미네-르바에게 이렇게 말하는 것을 들었다.

비어스는 복도를 걸어가는 동안 미네-르바의 수수께끼 같은 말을 머릿속으로 떠올렸다. 그녀가 스타포스의 멤버가 된 지 그리 오래되지 않은 것은 사실이었다. 분명 다른 멤버들만큼 길지는 않았다. 하지만 비어스는 자기 몫을 다 했고 미네-르바도 그것을 알고 있었다. 그런데 왜 언제나 그녀를 꺾으려고 그토록 애를 쓰는 것일까? 어째서 미네-르바는 비어스를 스타포스 내부를 제대로 연결하지 못하는 '약한 고리'라고 생각하는 것일까?

그녀는 브론-샤만큼이나 커다란 불만을 갖고 있어.

비어스는 짜증스러운 기분을 떨쳐버리고 곧 수행할 임무에 대해 생각하려고 노력했다. 하지만 아직 꺼림칙한 부분이 남아 있었다. 그녀는 잔다르인들과의 분쟁이 크리가 직면한 모든 문제적인 소비의 원인임을 알고 있었다. 하지만 스크럴과의 전쟁이 시작된 이후로 잔다르인들은 소위 두 악마 중에 덜 나쁜 쪽이라는 사실이 명백해지고 있었다.

적의 적은 내 친구일까?

크리와 잔다르 사이에 평화가 지속되리라는 전망이 스크럴과의 전쟁에 대한 크리의 노력에 기념비적인 영향을 미칠 것이란 사실에는 의심의 여지가 없었다. 하지만 평화조약이 체결되기 바로 직전인데, 막판에 잔다르를 상대로 우위를 점할 계획을 세운다는 사실이 비어스를 불안하게 만들었다. 잔다르에 대해 어느 정도 파악한 지금에 와서도 그녀는 그곳의 주민들이 항상 명예로운 사람들 같다고 생각했다. 사실 잔다르인들에겐 크리가 갖고 있는 전사 정신과 자신들이 언제나 옳다는 엄격한 확신이 부족했다.

어쩌면 그게 좋은 것일지도 몰라.

비어스가 복도 끝에 도착하자 뒤에서 그녀를 부르는 소리가 들렸다.

"미네-르바가 널 괴롭히도록 내버려두지 마."

아틀-라스였다.

"미네-르바는 날 아예 건드리지도 못할 거야." 비어스가 몸을 돌려 동료 전사를 바라보며 한숨을 쉬었다. "난 익숙해졌어. 이제 다들 그럴 때도 되지 않았어?"

아틀-라스가 미소를 지었다. "그게 어떤 건지 알잖아. 넌 팀에 가장 늦게 합류했어. 미네-르바가 누구를 믿기까지는 시간이 걸려. 내 말은, 날 봐. 전에 그녀는 날 믿지 않았어."

"지금도 안 믿을걸." 비어스가 말을 끊었다. 그때 그녀 앞의 노란색 문이 열렸다. 비어스는 문 안으로 들어갔고 아틀-라스가 뒤를 따랐다.

"어쩌면 미네-르바는 사령관 말고는 누구도 믿지 못할지도 몰라." 아틀-라스가 인정했다. "네가 나타나기 전에는…."

"그래, 나도 알아. 그녀가 가장 귀여움을 받는 학생이었지."

아틀-라스는 비어스가 탄 엘리베이터의 노란 문이 닫히는 것을 바라보았고, 엘리베이터는 아래로 내려가기 시작했다. "그래, 그게 뭔지는 잘 모르겠지만, 뭔가 좋지 않은 것이라고 생각하겠어."

설마 '귀여움을 받는 학생'이 무슨 뜻인지는 알겠지? 그게 무슨 뜻인지 모르는 사람이 어디 있겠어? 우리는 주변에서 모두 이 말을 하는데, 아닌가?

비어스가 웃음을 터뜨렸다. "그건 그냥 사령관이 제일 좋아했다는 뜻이야."

아틀-라스의 눈에 이를 알아듣고 이해한다는 눈빛이 보였다. "그래, 뭐. 그건 분명한 사실이지. 하지만 난 욘-로그가 네… 기술을 팀에 추가하는 것이 얼마나 중요한 일인지를 알고 있다고 생각해. 그리고 그런 기술을 제대로 활용하기 위해서 추가적으로 훈련이 필요하고 그 시간들이 아주 가치 있다는 사실도 말이야."

"넌 이런 상황에 대해 생각해봤겠지, 안 그래?"

"난 팀원 전체를 신경 쓰고 있으니까." 아틀-라스가 이유를 말했다.

엘리베이터가 지상에 도착했고 노란 문이 열렸다. 비어스는 아틀-라스에게 고개를 끄덕인 후 먼저 걸어 나갔고 그는 뒤를 따랐다.

비어스는 전투복을 입고 격납고에 도착했다. 전투복은 그녀의 특별한… 능력은 물론 광범위한 동작을 수행할 수 있도록 설계되었다. 특이한 광경이 그녀를 기다리고 있었다. 일상적으로 임무를 수행했던 우주선인 *헬리온* 대신 잔다르의 표식이 붙은 낡은 화물선이 있었던 것이다.

"이게 우리 우주선이라고 하지는 마." 비어스는 자기도 모르게 이렇게 내뱉었다.

내가 지금 이걸 실제로 크게 말한 건가, 정말?

욘-로그는 화물선의 화물칸으로 군수품을 옮기는 일을 감독하다가 그녀를 보며 돌아섰다. "뭐 문제라도 있나?"

비어스는 고개를 저었다. "아닙니다, 신분을 감추고 항해하는 것에 익숙하지 않을 뿐입니다. 속임수에도 익숙하지 않아서 그렇습니다."

"우리는 그런 걸 인정받을 여유가 없다." 욘-로그는 전투복을 챙겨 입고 모인 스타포스의 팀원들 앞에서 말했다. "우리는 잔다르의 영역 깊숙한 곳으로 향할 것이다. 우리가 크리의 깃발을 달면 임무는 시작하기도 전에 끝난다. 적어도 이렇게 하면 기회라도 가질 수 있겠지."

비어스는 고개를 끄덕였다. 그리고 처음 보는 한 여성이 조종실로 들어가는 모습을 보았다. 작은 키에 짧고 검은 머리를 한 여성이었다. "누구죠?"

"파일럿." 미네-르바가 대답했다. "그 지역을 잘 아는 사람이지."

"잔다르?" 비어스가 물었다.

"잔다르 영토를 알고 있냐는 뜻이야, 아니면 잔다르인이냐고 묻는 거야?" 아틀-라스가 말했다.

"둘 다겠지, 아마도." 비어스가 대답했다.

"그녀는 크리인이야." 코라스가 비어스의 눈을 똑바로 바라보며 말했다. 그리고 그는 미네-르바와 아틀-라스를 매우 심각하고 완전히 우스꽝스러운 표정을 지으며 바라보았다. "그녀의 이름은 선-발이야. 확실히 믿을 만한 사람이지. 스타포스의 일원으로 대해야 해."

"네, 알겠습니다." 비어스가 경례를 하면서 말했다.

코라스가 고개를 살짝 기울이며 비어스를 바라보았다. "넌 날 당황스럽게 만드는군."

CHAPTER 22

"당신은 날… 해치고… 있습니다."

부상을 입고 시길을 헤메던 비어스는 노바군이 자신을 해칠 수도 있다고 생각했다. 그녀는 자신이 목을 꽉 움켜쥐었는데도 남자가 아직 기절하지 않았다는 사실에 놀랐다. 비어스의 손이 산소가 공급되는 것을 막고 있었고 사실상 남자의 기관지를 부수고 있었기 때문이다.

이 남자는 백전노장이야.

비어스는 노바 군단의 제복을 입은 남자를 똑똑히 볼 수 있도록 팔을 당겼다. 남자는 비어스의 손아귀에서 벗어나려고 몸부림을 쳤다. 그러는 바람에 남자의 갈색 곱슬머리가 거칠게 헝클어졌다.

"당신… 피를 흘리고 있군요." 남자는 간신히 이렇게 말했다. 그의 목소리는 마치 사포로 갈아놓은 것처럼 거칠었다.

"입 닥치지 않으면 너도 그렇게 될 거야." 그녀는 좀 더 세게 움켜쥐면서 말했다. 남자는 그녀의 말에 숨을 헐떡였다.

"해치러… 온 것이… 아닙니다." 그가 가까스로 말했다.

"넌 어느 누구도 해칠 위치가 아니야. 다시는 그렇게 못 할걸."

"난 당신을… 이곳에서 빠져나가게 할 수 있어요… 살아서."

무슨 말을 하는 거야?

"좀 전에 나한테 총을 쏘지 않았어?" 비어스가 물음에 남자는 고개를 저었다. 적어도 비어스의 손에 목을 잡힌 채 할 수 있는 만큼은 저었다고 할 수 있었다.

난 정말 바보 같은 짓을 하는 걸지도 몰라.

비어스는 손아귀를 풀었고 남자는 바닥에 풀썩 쓰러졌다. 그는 두 손으로 목을 움켜쥐고 숨을 헐떡였다.

"당신은… 강하군요." 그는 목이 메어서 가까스로 이렇게 말했다.

"관등성명." 비어스가 남자의 말을 완전히 무시하며 대꾸했다.

"로만 데이, 노바 군단." 남자가 기침을 했다. "노바 군단의 군단원. 난 이곳에 당신을 도와주러 온 겁니다."

"여기 뭘 하러 왔다고?" 비어스가 의심하며 말했다. "우린 전쟁 중이 아니던가?"

데이는 목을 문지르면서 고개를 끄덕였다. "물론 그렇죠."

"너와 네 노바 군단 친구들이 나한테 총을 쏘고 있지 않았나? 너희들 중 한 명이 내 다리를 찌른 것 같은데?"

데이가 고개를 저었다. "아니, 그들은 내 친구들이 아닙니다. 그리고 잔다르인도 아니고."

"이제 너무 혼란스러운데. 그럼 그들이 잔다르인이 아니라면 왜 나를 죽이려고 했지? 그리고 당신이 잔다르인이라면, 왜 나를 도와주려고 하는 거야?"

"어쩌면 처음부터 얘기해줘야 할 것 같은데요."

"아마도." 비어스는 다리가 욱신거리는 것을 느꼈고 메스꺼움이 몰려왔다. 그녀는 발가락을 움직이려 했지만 감각이 없어서 발가락이 움직이는지조차 알 수 없었다. 아마도 좋은 조짐은 아닌 것 같았다.

거의 삼십 분이나 컴링크로 통신이 없었다는 사실은 아무런 도움이 되지 않았다. 잡음이 심했던 마지막 교신 이후로 스타포스로부터는 아무런 소식을 듣지 못했다. 다리의 통증은 멈출 기색이 없었고 비어스는 머릿속으로 마지막 대화를 계속해서 곱씹고 있었다.

"그녀를 두고 떠나!"

"우린 떠나지 않아."

"선택권 따위는 없어."

"—모든 것이 위태로워졌어!"

"—믿지 마 —."

그들은 누구에 대해서 얘기했던 거지? 나? 날 무슨 배신자로 생각하고 있는 건가?

"괜찮습니까?"

로만 데이의 목소리가 비어스의 상념 사이를 비집고 들어왔다. 그녀는 잠시 동안 자신이 어디에 누구와 함께 있는지 잊고 있었다.

좋지 않아.

"아니, 괜찮지 않아." 비어스가 대꾸했다. "난 피를 흘리고 있어. 당신 피를 모두 쏟게 만들기 전에 이야기를 시작하는 게 좋을 거야."

"그건 정말 끔찍하군요." 데이는 이렇게 말하고 키득거리다가 여전한 목의 통증 때문에 고통스럽다는 표정을 지으며 움찔했다. "이봐요, 당신이 나를 믿지 않을 거란 걸 알지만 난 정말 도움을 주려고 왔어요. 아마도 당신은 임무 때문에 이곳에 왔겠죠. 하지만 당신이 잡히면 당신네 정부는 그 임무를 부인할 거라고 생각하는데 안 그렇습니까?"

비어스는 아무 말도 하지 않고 냉혹한 눈초리로 데이를 바라보았다.

"당신의 그 무서운 표정을 보니 내 예상이 맞는 것 같군요. 나도 같은 종류의 임무를 수행하는 중이에요. 다만 당신은 이곳에 뭔가를 훔치려고 왔고, 난 당신이 그걸 반드시 훔칠 수 있도록 도와주려고 왔다는 건 다르지만요."

이건 전혀 말도 안 되는 상황이잖아.

"다시 말해봐."

"당신은 액시엄 캐넌의 설계도를 훔치려고 왔죠. 대답할 필요는 없어요. 왜 이곳에 왔는지 알고 있으니까. 그리고 난 당신이 설계도를 손에 넣었다는 사실도 알고 있어요."

그런데 어떻게 알고 있는 거지…?

"우리 정부에는 이 새로운 무기를 이용하면 크리에게 평화를 강요할 수 있다고 믿는 사람들이 있어요." 데이가 말을 이었다. "당신을 쏘고 찌른 사람들이 바로 그들이죠."

"그럼 넌 정부의 어느 쪽을 위해 일하는 거지?" 비어스가 자신의 다리를 문지르면서 물었다.

"난 노바 프라임의 직속 명령을 받고 왔어요. 그녀는 양측이 동등한 과학기술을 갖게 되어야 균형을 이룰 수 있다고 믿고 있어요. 그럼 우리는 평화를 가질 수 있겠죠. 노바 프라임은 크리가 이 설계도들을 갖기를 원해요."

"그럼 왜 우리에게 그냥 주지 않는 거지?"

"그녀는 다수파가 아니거든요. 하지만 그녀가 옳아요. 액시엄 캐넌은 어느 한 쪽이 갖고 있기에는 너무나 강력한 무기죠. 그 존재만으로도 힘의 균형을 위태롭게 할 수도 있어요. 그리고 한 쪽이 상대가 결코 보복할 수 없다는 것을 알고 그 무기를 사용하는 것은 너무나 큰 유혹이죠."

비어스는 잠자코 데이의 말을 곰곰이 생각했다. 그리고 마침내 그녀가 입을 열었다. "그러니까 당신은 내가 이곳에서 나가면 당신네 편에 맞서서 싸울 것을 알면서도 나를 도와주겠다는 건가?"

데이가 고개를 끄덕였다.

"와우. 나보다 훨씬 형편없는 임무잖아."

CHAPTER 23

상층 대기권을 통과해서 지나갈 때는 별도 잘 보이지 않고 더 어두웠다. 잔다르 화물선은 분명 더 좋은 날들을 보냈을 테지만 지금은 낡고 갈라지고 불안했다. 선-발은 조종실에 앉아서 털털거리는 고물선을 비행 궤도로 올리고 선체와 승객을 안전하게 우주 공간으로 데려가기 위해서 최선을 다했다.

"사령관님이 고른 배는 정말 끔찍하네요." 선-발은 엔진의 굉음 사이로 고함을 질렀다. 최대 비행 속도로 달린다면 선박에 크게 무리가 갈 수밖에 없었다. 그래서 목적지까지 가는 데 꼭 필요한 것이 아니라면, 그게 무엇이든 폐기했다. 쿠션과 단열재, 의자는 물론 저장 창고와 같은 탑승자의 편의를 위한 장치들도 마찬가지였다. 무기 보관함 하나만 남겨두고 모두 버렸다. 배는 훨씬 더 가벼워져서 빨리 날 수 있게 되었지만 그런 우주선을 타고 여행하는 것은 엄청나게 시끄럽고 불편한 일이었다.

의자들도 버렸기 때문에 스타포스의 멤버들은 선박의 측면 벽에 안전벨트를 부착하고 몸을 묶어놓아야 했다. 배가 크리의 대기를 벗어나 에어 포켓에 부딪히거나 뜨거운 플라스마의 흐름을 만나 열 방패에 충돌할 때마다 탑승자들은 이를 온몸으로 고스란히 느낄 수밖에 없었다.

욘-로그는 고개를 돌려 조종실을 바라보며 선-발에게 외쳤다. "내가 고른 게 아니야. 코라스가 골랐다고."

다들 코라스의 내답을 기다리자 그가 항변하기 시작했다. "급하게 구하려니 어쩔 수 없었어. 그래도 이 배는 잔다르 표식도 제대로 붙어 있고, 잔다르인들이 의심하지 않도록 적법하게 등록된 거라고. 불편한 게 내 잘못은 아니잖아. 어차피 스타포스는 편한 것과는 거리가 머니까!"

비어스는 욘-로그를 힐끗 쳐다보았다. 그리고 사령관의 얼굴에 아주 작은 미소가 희미하게 번지기 시작하는 것을 알아차렸다.

코라스를 놀리고 있어. 멋지군.

"자넨 잘했어, 코라스." 욘-로그가 말했다. "난 그저… 비어스, 자네라면 뭐라고 말하겠나?"

"사령관님은 부사령관님을 갖고 놀고 있어요." 비어스가 소리쳤다. 그녀는 동료들은 구사하지 않는 완곡한 표현을 자신이 어떻게 알고 있는지 결코 이해하지 못했다. 어쩌면 그녀는 이곳이 아닌 일상에서는 그들보다 좀 더 현명한지도 몰랐다.

코라스는 고개를 갸웃거리고 오른쪽 귀를 쫑긋 세우며 그녀를 바라보았다. "뭐라고?!" 그는 더 크게 외쳤다.

갑자기 우주선의 엔진이 꺼졌다. 방금까지는 시끄러웠지만 지금은 반대로 조용해졌다.

"사령관님이 부사령관님을 갖고 놀고 있다'고 했습니다." 비어스가 다시 한 번 말했다. 그녀는 거의 속삭이듯이 말하고 있었지만 갑자기 조용해진 선실은 비어스의 목소리로 가득 찼다.

"오." 코라스는 그 관용적 표현을 이해하지 못하는 것이 분명했다.

"제가 뭐라고 말했다고 생각했나요?" 비어스가 물었다.

코라스는 얼굴을 찡그렸다. "나한테는 '사령관님이 스크럴 떼와 놀고 있다'라고 들렸어."

"그게 무슨 뜻이죠?" 브론-샤가 중얼거렸다. "왜 비어스는 저런 말을 하는 건가요?"

코라스는 어깨를 으쓱했다. "나도 몰라. 내가 물어보지 않은 것도 그 때문이야."

그리고 그들은 내가 집중하지 않는다고 생각하겠지.

화물선이 느린 속도로 순항했기 때문에 스타포스 멤버들은 이제 안전벨트를 풀고 배의 화물칸 벽에서 떨어질 수 있었다. 그들은 자유롭게 돌아다니며 다양한 작업을 위해 흩어졌다.

아틀-라스는 미네-르바와 함께 시길에서의 임무에 필요한 무장을 갖추기 위해 무기 보관함으로 다가갔다. 그곳에는 미네-르바의 주특기인 저격용 라이플이 있었다. 다양한 권총도 배열되어 있었다. 아틀-라스가 선호하는 무기였다. 그 외에도 다양한 형태와 크기의 단검과 칼, 크리의 검과 같은 갖가지 날카로운 무기들이 있었다.

브론-샤는 무기를 살펴보기 위해서 걸어가면서 너털웃음을 터뜨렸다. "그런 것들과 잘 해봐." 그는 천둥 같은 목소리로 말했다.

미네-르바는 *또 시작이라*는 듯이 아틀-라스를 쏘아보고는 눈을 굴렸다. 그는 미소를 지었다.

"난 그냥, 너희들한테는 큰 도움이 될 거라는 뜻이었어. 하지만 난—." 브론-샤는 이렇게 말하며 자신의 거대한 주먹을 가리켰다. "난 이것들만 있으면 돼."

"참 좋으시겠어." 미네-르바가 냉담하게 말했다.

욘-로그는 한쪽에서 코라스와 의논하는 중이었다. 비어스가 그들에게 다가가려는 순간 선-발이 조종석을 나와 선실에 모습을 드러냈다.

"지금부터는 순조롭게 항해할 거야." 선-발이 손의 먼지를 터는 듯이 두 손을 비비면서 말했다. "우리가 노바 군단 사이로 들어갔을 때 그들이 우리의 정체를 알아채지 못한다면 말이야."

"긍정적인 사고는 강력한 힘을 발휘하는 법이죠." 비어스가 말했다.

"네가 그 신참이지?" 선-발이 눈썹을 치켜세우며 그녀에게로 몸을 돌리고는 물었다.

비어스가 웃음을 터뜨렸다. "처음 만나는 건데 어떻게 *내가* 신참이라는 것을 알고 있죠?" 그녀는 다소 진지하게 물었다.

"사령관이 당신에 대해서 말해줬어. 꽤나 강하다던데."

"네, 뭐, 그렇기를 바라야죠. 난 이 임무에서 그걸 확인할 수 있을 거라고 생각해요."

"간단한 임무잖아. 낚아채서 움켜쥐고 오는 거지. 난 전에도 이런 걸 많이 해봤어. 내 걱정은 하지 마. 임무를 끝내면 너와 동료들을 위해 내가 기다리고 있을 테니까. 넌 일에만 집중하면 돼."

집중해. 누군가 욘-로그에게 이야기하고 있어.

"여기 어떻게 오게 된 거죠?" 비어스가 자신의 유니폼에 있는 컴링크를 체크하며 물었다.

"딱히 특별한 사연이 있는 건 아니야. 난 그냥 어떤 임무를 수행할 수 있는 평범한 크리의 조종사야…. 별다른 질문은 하지도 않았어." 선-발이 눈썹을 치켜 올리며 말했다.

비어스는 무슨 뜻인지 간파했다.

"비어스, 이리로." 욘-로그가 우주선의 건너편에서 그녀를 불렀다.

비어스는 안도의 한숨을 쉬었다. 선-발과의 대화는 이상한 방향으로 바뀌고 있었고 비어스는 그녀에게서 기묘한 분위기를 느꼈다. 그래서 불안해졌던 것이다. "대화 즐거웠어요." 비어스는 서둘러 떠나면서 말했다. 그녀는 선-발의 시선이 자신의 등을 향하고 있다는 것을 느낄 수 있었다. 비어스는 상사를 향해 걸어가면서 무의식적으로 몸을 떨었다.

CHAPTER 24

"내가 걱정하는 게 그거야. 그 전초 기지들. 저기, 저기 말이야." 욘-로그가 그의 눈앞에 펼쳐져 있는 홀로그램 지도의 두 곳을 가리키며 말했다.

"우리가 보고 있는 것이 뭐죠?" 비어스가 손가락으로 지도를 가볍게 치며 물었다.

"시길." 코라스가 무미건조하게 말했다. "우리가 침투해야 하는 기지야. 정확히 말하자면 네가 침투해야 하는 거지."

그의 입에서 말이 떨어지기가 무섭게 욘-로그는 무슨 일이 벌어질지 알았다.

그녀는 무슨 뜻인지 알아차릴 거야. 그는 생각했다.

비어스는 코라스를 바라보고 다시 욘-로그를 보았다. "저요? 하지만 전—."

이제 시작했군.

"너는 뭐? 어떻게 생각하고 있었지?" 코라스가 말을 끊었다. 다소 짜증스러운 말투였다.

"음, 전 그저 아틀-라스가 잠입 전문가라고 생각했어요." 비어스가 말을 이었다. "침투를 위해 필요한 기술을 가진 사람이 있다면 아틀-라스일 거라고요. 그를 투입하는 것이 더 말이 되지 않나 싶어서요. 제 능력은 뭐랄까… 좀 더 시끄러우니까요."

코라스는 비어스를 자신의 인내심을 시험하는 제멋대로인 아이라고 생각하는 것처럼 크게 한숨을 내쉬고는 욘-로그를 노려보았다. 스타포스의 사령관은 비어스에게로 몸을 돌려 가까이 다가갔다. "그렇다면 조용히 하는 연습을 하는 것이 어떤가 싶은데." 욘-로그가 말했다.

저 결정은… 최종적인 것처럼 들렸다.

"이해가 되지 않습니다." 비어스가 다시 반박했다. "그게 전부입니다. 더 이상의 질문 없이 제 맡은 바 임무를 다 할 겁니다. 하지만—."

"그런데 왜 질문을 하고 있는 거지?" 코라스가 물었다.

"음, 부사령관님이 방금 질문하셨는데요." 비어스가 말대꾸했다.

"난 어떤 질문이든 할 수 있어. 부사령관이니까." 코라스가 쏘아붙였다.

욘-로그는 비어스가 말 몇 마디로 코라스를 자극하는 모습을 보면서 실제로 어느 정도는 즐거웠다. 하지만 임무를 지시하는 사령관으로서 그는 그런 모습을 보여줄 여유가 없었다.

욘-로그는 한숨을 쉬고 코라스에게 조용히 말했다. "이제 그만 가서 다른 사람들과 같이 무기들을 확인하는 것이 어때?" 그것은 제안이 아니었다. 코라스는 재빨리 고개를 끄덕이고는 비어스를 노려보며 무기고로 향했다.

이제 자신이 곤경에 처한 거냐고 물어보겠지.

"제가 곤경에 처한 건가요?" 비어스가 물었다. "그런 기분이 들어서요."

"자넨 명령에 따르는 법을 배워야 해." 욘-로그가 말했다. "그리고 그렇지 않아. 자넨 곤경에 처하지 않았어. 코라스나 다른 누구 앞에서 그 문제에 대해서 이런 말을 하고 싶지 않았어. 하지만 자네가 시길의 기지에 침투하도록 한 결정은 최고위층에서 내려온 거야."

"얼마나 최고위층인가요? 그러니까, 슈프림 인텔리전스 정도로 높은 곳인가요?"

슈프림 인텔리전스는 크리 제국의 최고 지도자였다. 슈프림 인텔리전스는 수 세기 동안 축적된 가장 가치 있고 위대한 크리의 지성과 방대한 지식의 결합체였다. 슈프림 인텔리전스가 결정하는 방식은 신비롭기는 했지만 그에 의문을 제기할 수는 없었다. 그것은 언제나 크리 제국의 이익을 위해 행동했다. 비어스는 이를 알고 있었다. 슈프림 인텔리전스가 제대로 모르고 결정을 내린다는 생각을 내보이는 것은 가장 높은 수준의 이단이라고 할 수 있었다.

욘-로그는 그녀에게 시선을 고정한 채 대답했다. "최.고.위층."

"알겠습니다." 비어스가 말했다. 선-발과의 이상한 대화에 대한 생각이 머릿속에서 사라진 비어스는 자신이 듣고 있는 이야기의 의미에 대해 생각했다. 슈프림 인텔리전스는 비어스가 혼자 힘으로 임무를 수행하기를 요구하는 것일까?

"자네의… 능력을 좀 더 훈련할 수 있는 시간이 있었다면 좋았을 텐데." 욘-로그는 생각에 잠기며 말했다. "자네는 자네 생각보다 더 강해."

비어스가 미소를 지었다. "아뇨, 전 제가 얼마나 강한지 인지하고 있어요."

욘-로그는 화난 것 같은 표정이었지만 한편으로는 미소를 억누르려고 애를 쓰는 것처럼 보이기도 했다. "자넨 이 임무를 해낼 수 있을 거야. 이제 좀 더 주의를 기울여봐."

"위쪽에서 사령관과 무슨 말을 한 거야?" 비어스가 돌아왔을 때 미네-르바가 물었다.

비어스는 저격용 라이플을 살펴보려고 몸을 숙였다. "사령관은 시길의 형세를 검토하고 있었어. 다음에는 너와 얘기하려고 할 거야." 비어스가 등을 보이며 말했다. 평범한 말투였지만 미네-르바는 비어스가 뭔가를 숨기고 있다는 것을 알 수 있었다.

미네-르바가 비어스의 어깨를 잡고 몸을 비틀었다. "개별적으로 계획을 검토하는 건 사령관답지 않아." 그녀가 몰아붙였다. "우린 팀이야. 한 사람이 아는 건 모두가 알아야 해."

"사령관이 그런 방법을 쓴다면 그럴 만한 이유가 있을 거라고 확신해." 브론-샤가 끼어들었다. 그의 깊고 울리는 목소리가 화물칸 벽에 부딪히며 들려왔다.

"당연히 그렇겠지." 아틀-라스가 거들었다. "이건 정말 잠입 임무야. 난 우리 모두에게 각자의 임무가 있는 것이 확실하다고 생각해."

맘에 들지 않아. 비어스는 우리에게 뭔가 숨기고 있는 게 확실해. "갔다 올게." 미네-르바가 대화를 끝내며 말했다. 그녀는 저격용 라이플을 무기 보관함에 다시 넣고 제자리에 고정했다. "이거 건드리면 누구든 죽여버린다." 그러고는 욘-로그가 기다리고 있는 곳으로 걸어갔다.

"무슨 일인가요, 사령관님?" 미네-르바는 다짜고짜 물었다. *비어스에게 뭐라고 한 거예요?*

욘-로그는 무표정한 얼굴로 미네-르바와 눈을 마주쳤다. "시길에 착륙할 때 자네가 팀의 뒤를 맡아줘야겠어. 모든 대원들이 각자가 맡은 임무를 수행하게 될 거야. 자넨 잠재적 공격으로부터 우리 등 뒤를 막아주는 임무를 맡도록 해."

미네-르바는 고개를 획 돌리며 재빨리 끄덕였다. "그게 제 임무군요." 그녀가 짧게 말했다. "비어스는 뭘 하죠?"

"자네가 우리 뒤를 봐주는 동안 나머지는 길을 트고 비어스가 전초 기지로 침투하게 될 거야. 그리고 설계도를 손에 넣어 다시 화물선으로 돌아오는 거지."

"아틀-라스의 주특기에 더 잘 맞는 임무 아닌가요?" 미네-르바가 예리하게 질문했다.

욘-로그는 아무 말도 않고 그녀를 바라보았다. 그의 표정은 이렇게 말하고 있었다. *날 몰아붙이지 마.*

좋아요, 몰아붙이지 않을게요. 하지만 비어스를 지켜보겠어요. 그녀의 모든 행동을요.

CHAPTER 25

"걸을 수 있어요?" 데이가 비어스에게 물었다. 둘은 시길의 땅바닥에 웅크리고 앉아 있었다.

"당연히 걸을 수 있지." 비어스가 일어서면서 말했다. 그녀의 말투는 방어적이었다. 하지만 그녀의 몸은 의지와는 달랐다. 세상이 갑자기 뒤집히는 것 같았고 머리와 배의 위치가 뒤바뀐 것 같은 느낌이었다. 비어스는 비틀거리며 돌담에 몸을 기대어 버티고 섰다. "지금 당장은 곤란할 것 같아"

"움직여야 해요. 다른 사람들이 곧 이곳으로 올 겁니다. 우리에게 그다지 호의적이지 않을 거예요." 데이가 말했다. 그는 비어스가 일어설 수 있도록 도와주려는 듯 손을 내밀었다.

비어스는 손을 흔들어 데이를 뿌리쳤다. 그녀는 얼굴을 찡그리며 이번에는 똑바로 일어나 버티고 섰다. "난 크리인이야." 비어스는 이렇게 말하며 걷기 시작했다. "당신 도움은 필요 없어."

"뭐, 그런 것 같군요. 내 도움 없이도 이곳에서 나갈 수 있다면 말입니다."

"그래, 뭐가 어떻다고?" 비어스가 빈정대며 말했다.

"우선은 당신이 지뢰밭으로 걸어 들어가고 있다는 거죠."

비어스는 걸음을 멈추고 데이를 뒤돌아보았다. 그녀는 파편 잔해가 널려 있는 벌판으로 몇 걸음 들어갔을 뿐이었다. 하지만 어쨌든 들어가긴 했다.

"내가 들어가기 전에 말했어야지." 비어스가 역정을 내며 말했다.

"당신이 내게 경고한 것과는 다르잖아요." 데이가 말했다. "그냥 뒤돌아 나와요. 당신 발자국을 밟으면서요. 그러니까 당신이 밟았던 곳 그대로 밟으라는 거죠."

"고맙네, 무슨 말인지 알았어." 비어스가 짜증스러운 듯이 말했다. 그녀는 한 번에 한 걸음씩 흙 속에 찍힌 발자국을 그대로 밟으며 나오기 위해 최선을 다했다. 그리고 몇 초 후, 비어스는 들어갔던 입구로 돌아왔다. "이곳에 지뢰가 묻힌 것은 어떻게 알았지?"

"내가 설치했으니까요." 데이가 반대쪽을 가리키며 말했다. "저쪽으로 갑시다."

"컴링크 통신이 끊겼어. 아무 메시지도 안 오잖아." 미네-르바는 좌절감을 느끼고 컴링크를 바닥에 던져버렸다. 그녀와 아틀-라스, 코라스는 아무 문제 없이 다시 화물선으로 되돌아왔다. 하지만 욘-로그와 브론-샤, 비어스는 찾을 수 없었다.

비어스. 대체 뭘 하고 있는 거야?

비어스와 연락이 끊긴 지 한 시간 정도 되었다. 어쩌면 아직 한 시간이 안 됐을 수도 있다. 간단한 임무인 것 같았다. 쉬운 일. 훔쳐서 가져오는 것. 돌이켜보면 별것도 아닌 일이었다.

"분명 임무를 망친 게 틀림없어." 미네-르바의 주장이었다. "비어스는 지금쯤이면 돌아왔어야 해. 설계도를 갖고 말이야. 아직 오지 않았다는 건 붙잡혔거나 그들과 한패라는 거야."

"지금 비어스가 잔다르와 같은 편이라고 말하려는 거야?" 아틀-라스가 믿을 수 없다는 듯이 말했다. "너 정말 그렇게 생각해?"

"지금 벌어지는 일들을 보니, 어떻게 생각해야 할지 모르겠어." 미네-르바가 대답했다.

"둘 중 한 명은 안에 들어가서 이륙할 준비를 해." 코라스는 감정 없는 목소리로 말했다.

"욘-로그와 브론-샤는 어떡하고요?" 아틀-라스가 물었다.

"우리가 받았던 마지막 통신에서 그들은 1400시에 돌아오겠다고 했어. 이제 곧 그 시간이 되어가고 있어." 코라스가 말했다. "돌아오거나 못 돌아오거나 둘 중 하나야."

"우리가 그들 없이 돌아가야 한다는 건가요? 비어스도 놔두고요?" 아틀-라스가 항의했다.

"비어스, 누가 알겠어? 욘-로그와 브론-샤는 여기로 되돌아 올 거야. 난 우리가 스타포스이고 명령을 따라야 한다고 말하는 거다. 글자 그.대.로." 코라스는 법을 들먹이며 말했다.

"난 안에 들어가서 이륙 준비를 하고 있을게." 미네-르바가 말했다. "아무래도 느낌이 좋지 않아. 이곳을 빨리 빠져나가야 할 것 같아."

다리는 아까보다 더 상태가 나빠졌다. 비어스는 뺨의 안쪽을 세게 깨물었다. 쇠 맛이 느껴졌다. 피였다.

내가 얼마나 많은 피를 흘리고 있는 건지 궁금하군.

"탈출 지점이 어디죠?" 데이가 물었다. 그들은 폭격을 당한 건물에서 나와 근처의 작은 숲으로 들어갔다.

비어스는 걸음을 멈추고 허리를 굽혀 두 손으로 무릎을 짚었다. 그러고는 크게 숨을 들이쉬고 주변을 둘러보았다. "저 방향으로 3킬로미터 정도 가면 돼." 그녀는 북동쪽을 가리키며 말했다. "대충 이쪽이야."

"더 가기 전에 그 다리를 살펴봐야 할 것 같아요. 아니면 무사히 도착하지 못할 겁니다." 데이가 상처를 관찰하며 말했다.

"의사인가?"

"아닙니다만."

"그럼 이 다리 쪽으로 더 이상 다가오지 마."

"난 전투 의술을 배웠습니다. 상처를 살펴보게 해준다면 적어도 피를 더 이상 흘리지 않도록 할 수는 있을 것 같은데요. 그럼 기절하거나 죽지는 않겠죠."

기절하거나 죽거나. 나쁘거나 더 나쁘거나. 둘 다 구린 선택지들이군.

비어스는 뛰어난 본능으로 불안함을 느끼긴 했지만 어쩔 수 없이 잔디가 드문드문 난 풀밭에 주저앉았다. 다리가 다친 상태였는지라 앉으니 기분이 나아졌다. 그녀는 나무에 기대어 앉아 안도의 한숨을 내쉬었다. 강해질 수 있게 도와주는 지원군으로 둘러싸인 기분이었다. "만일 날 죽이려고 한다면 지금 시도해야 할 거야."

"그 말을 '좋아, 로만 데이. 제발 내 다리를 살펴보고 할 수 있는 게 있는지 봐주세요.'로 받아들이죠."

"그래, 물론. 뭐가 됐든 맘대로 해." 비어스가 중얼거렸다. 눈이 감기기 시작했다. "좋아, 로만 데이. 제발—."

하지만 그녀가 데이의 말을 모두 따라 하기도 전에 눈앞의 모든 것이 검은색으로 변해버렸다. 비어스는 스타포스가 처음 시길로 향하던 그 시점으로 되돌아갔다.

CHAPTER 26

"벨트 매! 엄청 덜컹거릴 거야." 비어스가 소리쳤다. 코라스가 곧 그녀를 바라보았다.

"당연히 덜컹거리겠지." 그는 비어스가 뻔한 사실을 이야기하는 것을 이해할 수 없다는 듯이 말했다. "우리는 공격받고 있으니까!"

화물선은 이제 막 잔다르 영역의 가장자리로 진입하고 있었다. 지금까지는 괜찮았다. 아무 사건 사고도 없었다. 노바 선박 하나와 일상적인 통신을 주고받은 적은 있었다. 하지만 이미 신분 증명을 교체했고 등록번호도 바꿨다.

문제는 없었다.

지금까지는 그랬다. 그들이 적대감을 갖고 발포를 하기 전까지는 말이다.

미네-르바는 조종실 쪽을 바라보며 말했다. "우리 조종사가 사령관님의 말처럼 훌륭하기를 바라야지." 미네-르바가 중얼거리는 소리는 욘-로그가 들을 수 있을 정도로 충분히 컸다. 스타포스의 리더는 그녀를 쏘아보았다.

좋아요. 들으라고 한 말이거든요.

선-발은 조종실에 있었다. 화물칸에서도 엔진이 끼익거리는 소리와 뒤틀리는 굉음을 들을 수 있었다. 미네-르바는 선-발이 이를 해결하려고 고함을 지르고 욕설을 내뱉는 것을 들을 수 있었다. 이 화물선은 치열한 싸움을 위해 만들어진 것이 아니라 얻어맞거나 짐을 배달하는 용도로 설계되었다.

"우리 편이에요!"

"저건 뭐지?" 욘-로그가 온 배 안을 가득 채운 소음을 뚫고 들릴 정도로 소리쳤다.

선-발은 고개를 뒤로 젖히고는 화물칸 쪽으로 고개를 돌려 소리쳤다. "우리 편이에요! 크리 군대라고요! 우리가 잔다르인이라고 생각하고 공격하는 거예요!"

미네-르바가 코웃음을 쳤다. "당연히 그렇겠지. 우린 잔다르 화물선을 타고 있잖아. 그들에게 우리가 누구라고 말도 못해. 잔다르군이 우리 대화를 다 들을 테니까. 그럼 우리 임무는 시작하기도 전에 망쳐버리겠지."

"그럼 어떻게 해야 하지?" 아틀-라스가 물었다.

"우리도 맞서 싸워야지." 비어스가 말했다. 모든 이들이 그녀를 바라보았다.

"뭘 어쩌자고?" 미네-르바가 달려들기라도 할 듯이 말했다.

"비어스 말이 옳아." 욘-로그가 비어스에 이어 다시 모두를 놀라게 했다. "우리가 응사하지 않으면 양쪽 모두 우리를 의심할 거야. 우리가 두 동강 나지 않고 여기를 빠져나가려면 그 방법뿐이야. 선-발!"

"들었습니다, 사령관님! 뭘 어떻게 할까요?" 조종사가 소리쳤다.

"발쏘해! 모든 무기 전부 다!" 욘-로그가 명령을 내렸다.

잠시 침묵이 흐르고 곧 화물칸 안의 모두가 선-발이 하는 말을 들었다. "음, 함포가 하나뿐이긴 하지만 어쨌든 발포는 할게요."

선-발이 화물선의 유일한 대포를 작동시키자 배가 약간 비틀거렸다. 갑자기 천장을 가로지르는 케이블에서 불꽃이 쏟아졌고 폭발이 일어나 배가 거의 찢어질 것 같았다. 브론-샤의 머리 옆에 있는 패널이 터져서 금속판이 그의 머리를 가까스로 비켜서 떨어졌다.

"우리가 발포한 거야, 아니면 맞은 거야?" 비어스가 물었다.

"좋은 질문이군." 미네-르바는 마지못해 인정하는 것 같았다. *우리 둘이 뭔가에 의견이 일치하다니 믿을 수가 없군.*

"우리가 발포한 거였으면 좋겠어." 아틀-라스가 말했다.

"내 생각에도 우리가 발포한 것 같아." 브론-샤가 거들었다.

"뭐였지?" 욘-로그가 조종실을 향해 큰 소리로 물었다.

선-발은 조종간을 확 잡아서 배 왼쪽으로 세게 잡아당겼다. 다른 금속판이 아틀-라스 근처 벽에서 뜯겨져 나와 불꽃이 일었을 때는 배 전체가 불안하게 흔들렸다. "저거." 선-발이 소리쳤다. "저게 우릴 맞혔어요. 그전에는 어땠냐고요? 우리가 쏘고 있었죠."

"잔다르 영역으로 진입하려면 얼마나 걸리지?" 코라스가 긴장한 목소리로 물었다.

"그리 오래 걸리진 않을 거예요." 선-발이 말했다. "일 분 정도!"

하지만 일 분 후에 살아 있지 못할 수도 있어.

미네-르바는 우주선이 움찔하는 것을 느꼈다. 이번에는 오른쪽이었다. 그녀의 몸이 내던져지면서 묶여 있던 끈이 몸을 파고들었다.

"거의 다 왔어!" 선-발이 조종석에서 소리를 질렀다. "공격이다!"

그 공격으로 인한 폭발로 화물선이 찢겨졌고 선체의 일부분이 뜯겨나갔다. 우주선에 구멍이 생기자 화물칸은 저 너머의 차가운 우주 공간에 노출되고 말았다. 그 즉시 선박 내의 공기가 외부의 진공으로 빠져나갔고 스타포스는 화물칸의 기압이 낮아지는 것을 느낄 수 있었다.

"내가 갈게!" 팀 전체가 질식하거나 우주로 빨려 들어가기 전에 보호구로 균열을 막아야만 했다. 미네-르바는 안전벨트를 풀려고 애를 쓰고 있었다. 하지만 화물선은 앞뒤로 흔들리고 있었고 이제는 옆으로 굴러가기까지 했기 때문에 안전벨트를 푸는 것이 거의 불가능할 지경이었다.

미네-르바는 고개를 숙이고 벨트와 씨름하다가 비어스가 벨트를 풀고 천장에 쾅쾅 부딪히는 모습을 보았다. 배가 옆으로 구르고 있었던 탓에 이제는 천장과 바닥이 뒤바뀌고 있었다. 비어스는 불꽃이 튀고 있는 천장 케이블을 따라 몸을 홱 돌리면서 보호막을 생성하는 버튼을 세게 내리쳤다.

그러자 곧바로 초록빛 광채를 띤 에너지 막이 순식간에 나타나 선체를 둘러쌌다. 여전히 우주 공간이 보이는 상태이긴 해도 보호막 덕분에 우주선의 공기가 빠져나가는 것을 막을 수 있었다.

미네-르바는 더 이상 안전벨트를 풀려고 하지 않고 벽에 등을 기댔다.

비어스가 해냈어.

"이제 살았어!" 선-발이 소리쳤다. 마침내 조종사가 화물선을 다시 통제하게 되었다. 크리의 함선도 더 이상 발포를 하지 않았고 선-발은 배의 속도를 늦추고 항로를 바로잡았다.

"여기는 잔다르 영역인가?" 브론-샤가 물었다.

"그래." 선-발이 대답했다.

"그럼 우린 갈 길을 가면 되겠군." 욘-로그가 말했다. "잘했어, 비어스." 그는 건너편에 있는 비어스에게 말했다. 비어스는 그저 어깨를 으쓱할 뿐이었다. 미네-르바는 둘의 모습을 보면서 질투와 안도감, 감탄과 존경심 사이에서 괴로움을 느꼈다. 어쩌면 비어스를 잘못 판단했을 수도 있는 것일까?

CHAPTER 27

"궤도에 도착했어."

비어스는 조종실에서 아래쪽에 펼쳐진 시길 행성을 바라보았다. 그곳은 고향인 크리와는 달리 냉혹해 보이는 세상이었다. 사실 잔다르 행성과도 달랐다.

"시길에 온 것을 환영합니다." 선-발은 일급비밀이자 실질적으로는 자살 임무와 다름없는 일을 수행하는 조종사가 아니라 우주여행의 가이드라도 된 듯이 말했다. "지표면 온도는 영하 6도에서 영상 30도 사이. 이런 날씨를 좋아하는 사람들에게는 멋진 곳이죠. 행성의 내부 핵은 불안정해서 가끔 지진이나 화산 분출이 발생하곤 한답니다."

"휴가를 보내기엔 아주 좋을 것 같은데." 비어스가 중얼거렸다.

"휴가가 뭐야?" 코라스가 물었다.

"제 말이 바로 그겁니다." 비어스가 어물쩍 넘어가려 했다. 코라스는 여느 때처럼 그녀를 미심쩍게 바라보았다.

"좋아. 우리가 시길의 대기권을 뚫고 들어가려면 약 이 분 정도 남았어." 욘-로그가 팀을 준비시키면서 말했다. "착륙하면 지상에서 뛰어다녀야 해. 시간이 많지 않아. 각자 맡은 부분은 알고 있겠지. 임무를 수행하자고."

"잔다르 저항군을 만나면 어떻게 하나요?" 비어스가 물었다.

"절대 아무도 만나지 마." 욘-로그가 대답했다.

"절대 아무도 만나지 마'라는 건 무슨 뜻인가요?" 미네-르바가 물었다. "당연히 저항군이 있겠죠! 그들을 쏘지 말라는 건가요? 우리를 방어하지 말라고요?"

"핵심을 찔렀군." 아틀-라스가 말했다.

"확실히 핵심을 찔렀지." 미네-르바가 말을 내뱉었다.

비어스가 동의하며 고개를 끄덕였다. "사령관님, 임무의 성격은 알겠는데, 하지만—."

"크리 제국군이 아는 한 우리는 여기 오지 않은 거야. 잔다르 정부가 아는 한에도 우린 여기 없는 거야. 우리는 이곳에 존재하지 않는 거지." 욘-로그가 딱 잘라서 말했다. "그건 우리가 보이지 않아야 한다는 뜻이야. 흔적을 남겨서는 안 돼. 어떤 단서도 안 돼. 스타포스는 시길에 한 발짝도 들인 적이 없어야 해."

좀 더 일찍 말해줬으면 좋았을 텐데.

"알아들었나?" 욘-로그는 이렇게 물었지만 이는 분명 질문이 아니었다. 명령이었다.

언제나 그랬듯이 스타포스는 일제히 대답했다. "네! 알겠습니다!"

시길의 대기권에서부터 지표면으로 향하는 짧은 여행은 욘-로그가 좋아하는 방식이었다. 지루하고 아무런 사건이 없었기 때문이다. 화물선은 정해진 목표지인 변두리의 산악지대에 착륙했다. 인적이 드물고 모든 목적과 의도에 부합하는 곳이었다.

나르다스 산맥 한가운데 있는 분화구에 위치한 요새 같은 건물을 제외하고는 최적의 장소였다.

저곳이 우리가 가는 곳이군. 그녀가 향할 곳이지. 욘-로그는 이렇게 생각했다. *스타포스에서 가장 강한 멤버가 도둑처럼 침입하는 것이 무슨 소용인가 싶긴 하지만, 그 점에 있어서 슈프림 인텔리전스에게 의문을 제기하지는 않을 거야.*

화물선이 착륙하자 욘-로그는 벨트를 풀고 배의 해치 쪽으로 다가갔다. 그는 뒤돌아서 스타포스의 멤버들을 보았다. 스타포스들 역시 모두 벨트를 풀고 그들의 리더를 바라보고 있었다.

"미네-르바만 무기를 든다." 욘-로그가 말했다. "그녀가 모두의 뒤를 봐줄 거야. 다른 사람들은 여기 무기를 놓고 간다."

미네-르바는 무기 보관함으로 가서 저격용 라이플을 꺼냈다. 그녀는 장전되었는지 확인하기 위해 약실을 보았다. 그리고 탄

환이 가득 찬 탄띠를 꺼내 왼쪽 어깨에 걸쳤다.

"미네-르바." 욘-로그가 스타포스 최고의 저격수를 보며 말했다. "자넨 우리가 시설에 접근하는 동안 우리 뒤를 봐줘야 한다. 필요한 순간에만 발포하도록. 그런 필요한 순간을 만들지 않는 것이 나머지 대원들의 임무다."

"제 임무는 뭔가요, 사령관님?" 선-발은 조종석에서 화물칸을 바라보며 물었다.

"자넨 여기 배에 머무른다. 문제가 생겼다고 판단되면 즉시 이륙시키도록." 욘-로그는 나머지 팀원들에게 물었다. "자네들은 어떻게 할 건가?"

"저희는 어떻게든 해내겠습니다." 비어스는 욘-로그의 마음을 읽은 것처럼 말했다. 욘-로그는 고개를 끄덕이고는 팀을 이끌기 위해 뒤로 돌았다.

우리는 해낼 거야. 그게 우리 임무야.

"이곳은 뜨거워. 말 그대로 뜨.거.워." 아틀-라스가 돌투성이의 시길 땅을 터벅터벅 걸으면서 말했다. 행성의 표면에 난 갈라진 틈으로 뜨거운 가스가 배출되었고 모두의 폐를 메탄과 유황 냄새로 가득 채우고 있었다. 이럴 거라곤 누구도 생각하지 못했다. 불꽃이 바위로 가득한 산등성이에서부터 그들의 코앞으로 휙휙 날아왔다.

하늘은 거의 붉은 색을 띠고 있었다.

"스타포스에 합류해서 세상을 보라." 비어스가 혼자 웃음을 터뜨리며 말했다.

"재미있는 일이라도 있어?" 미네-르바가 날카롭게 물었다.

"아니, 딱히 그런 건 아니야. 그냥 이렇게 우울한 상황을 좀 밝게 만들어보려고 했던 것뿐이야."

"잡담은 그만." 욘-로그가 뒤에서 말했다. "적의 기지에 완전히 자리 잡기 전에는 손짓으로만 소통하도록."

브론-샤는 고개를 끄덕이고 목을 돌려 불길이 가득한 주위를 둘러보았다. 그때 뭔가가 그의 시선을 사로잡았다. 브론-샤는 모두에게 멈추라는 신호를 보냈다.

스타포스의 대원들은 모두 브론-샤를 바라보며 꼼짝하지 않았다. 그는 손을 들고 머리 바로 위에 있는 무언가를 가리켰다.

욘-로그는 아틀-라스를 바라보았다. 아틀-라스는 리더와 시선을 마주쳤다. 욘-로그는 머리를 홱 돌리며 아틀-라스에게 조사해보라고 명령했다. 잠입에 능한 전사는 지표면을 덮고 있는 점박이 바위를 따라 조용히 몸을 숨기며 앞으로 나아갔다. 아틀-라스는 곧 시야에서 사라졌다.

아무도 말을 하지 않았고 움직이지도 않았다. 그들은 그 자리에 서서 기다렸다. 땅바닥의 갈라진 틈에서 뜨거운 가스가 새어 나오는 소리가 주위에 울려 퍼졌고 불꽃이 튀는 소리도

들을 수 있었다.

그는 어디로 간 거지? 무슨 일이 벌어지고 있는 거야?

욘-로그는 어깨 뒤로 고개를 돌려 화물선을 바라보았다. 후퇴란 있을 수 없었다. 그는 설계도 없이는 시길을 떠나지 않을 것이었다. 실패해서는 안 되는 일이었다. 오늘은 그럴 수 없었다.

그 언제라도.

욘-로그는 뒤에서 빠른 발걸음 소리가 들리는 것을 느꼈고 아틀-라스가 그들에게로 뛰어오는 것을 보았다. 아틀-라스는 오른손을 흔들며 오케이 사인을 보냈다.

"뭐였나?" 욘-로그가 조용하게 물었다.

"배였습니다."

"잔다르?"

아틀-라스가 고개를 끄덕였다. "노바요."

이제 깊숙이 들어왔구나.

CHAPTER 28

비어스는 정신을 잃고 몽상의 세계를 헤매다가 헐떡이며 깨어났다. 그녀는 정신을 차리자마자 자신이 기절한 것이 아니었기를 바랐다.

머리가 아파.

다리가 아파.

아니, 아니야. 온몸이 아파.

비어스는 천천히 눈을 깜빡였다. 밝은 빛 때문에 그녀의 눈은 초점을 맞추지 못했다. 아무리 노력해도 되지 않았다.

무슨 일이지? 왜 초점을 맞출 수가 없는 거지, 왜지?

"깨어났군요, 다행이에요."

비어스는 다시 눈을 깜빡이며 주변을 둘러보려고 노력했다. 그녀는 곧바로 목소리를 알아들을 수 있었다.

로만 데이였다.

"아직 다리가 붙어 있나?" 비어스가 농담 섞인 어조로 말했다.

"그럼요." 잔다르인이 대답했다. "사실 두 쪽 다 그대로 있어요. 한 쪽 상태가 더 좋긴 하지만요."

"그렇겠지." 그녀 앞에 있는 그림자의 이미지가 서서히 합쳐지기 시작했고 사람의 모습을 제대로 갖추었다.

"내가 얼마나 오래 정신을 잃고 있었지?" 비어스가 다리의 상태를 살펴보려고 조심스럽게 손을 아래로 뻗었다. 지혈대가 사라졌고 그 자리에는 붕대가 잘 감겨 있었다. 다리는 여전히 미칠 듯이 아팠다. 하지만 욱신거림은 거의 사라졌다. 데이가 출혈을 막는 방법을 찾아냈던 것이다.

"글쎄요, 아마도 십오 분 정도." 데이가 비어스의 다리를 확인하며 물었다. "지금 여기서 내가 할 수 있는 일은 다 했어요. 우주선으로 돌아가서 더 확실히 처치를 해야 할 거예요. 아마도 위생병이 있겠죠."

그래, 난 내가 누구와 왔는지, 뭘 타고 왔는지 네게 말하지 않을 거야.

"알아요, 알아. 나한테 아무것도 말할 수 없겠죠." 데이가 그녀의 마음을 읽은 듯이 손으로 항복하는 것처럼 손을 저었다.

"네가 모르는 게 있을 것 같지는 않은데." 비어스가 쏘아붙였다.

데이는 아무런 반응을 하지 않고 그녀를 한참 바라보았다. 그리고 미소를 지었다. "통증에 효과가 있는 조치를 좀 취했어요. 다시 걸을 수 있을 겁니다."

비어스는 여전히 나무에 기댄 채 가지를 잡고 몸을 일으켜 세웠다. 놀랍게도 부상당한 다리에 어느 정도 체중을 실을 수 있었다.

"솜씨가 좋은데." 그녀는 데이를 바라보며 말했다.

"할 수 있는 걸 했을 뿐이에요."

"뭔가 냄새가 나지 않아?"

데이는 그들 주변의 공기를 킁킁거리며 냄새를 맡고는 눈이 휘둥그레졌다. "문제가 생긴 것 같아요." 그는 비어스의 뒤를 가리키며 말했다.

비어스는 황급히 고개를 돌렸고 데이가 무슨 말을 하고 있는지 확실히 알 수 있었다. 멀리서 불길이 터져 나오고 있었던 것이다. 화산 가스와 용암을 분출하며 근처 나무로 불꽃을 튀기던 균열이 완전히 터져서 열린 것이 틀림없었다. 이제 불길은 나무에서 나무로 퍼지고 있었고 불꽃은 여기저기로 튀면서 타오르고 있었다.

"살아 있는 동안 함께해서 좋았어." 비어스가 말했다.

그들은 비어스의 다리가 허락하는 한 최대한 빨리 숲을 통과했다. 데이는 구불구불하게 나 있는 관엽수를 헤치면서 빠르게 번져오는 불길을 앞서 나갔다.

크리인을 도와주는 잔다르인. 이제 모든 것을 확실히 봤어.

"우리는 어디로 가고 있는 거지?" 비어스가 물었다.

데이는 손목을 내려다보았다. 그는 작은 스크린을 보면서 손가락으로 조작하고 있는 것이 분명했다. "이 숲의 끝까지 갈 수 있다면 그곳에 공터가 있다는군요. 모두 바위로 되어 있고요." 데이가 스크린을 보며 말했다. "불길이 따라오지 못할 겁니다. 그럼 우린 한숨을 돌리고 당신을 배로 데려갈 수 있겠죠."

"왜 나를 도와주는 거지?" 비어스가 나뭇가지를 피해 고개를 숙이면서 말했다.

"말했잖아요. 명령이라고."

"명령 얘기를 하는 게 아니야. 당신은 노바군이잖아. 난 크리의 전사고. 우린 서로 죽이거나 해야 하는 거 아니야?"

데이는 계속해서 움직이면서 비어스를 바라보았다. "난 꼭 필요한 경우가 아닌데 누군가를 죽여야 한다는 걸 믿지 않아요."

"사람을 죽여본 적이 없구나, 그렇지?"

"난 사람을 죽일 필요가 없다고 생각해요. 그뿐입니다. 이해하기 쉽지 않나요?"

"그래. 그게 나쁜 건 아니지."

"뭐요? 뻔해서 나쁘지 않다는 겁니까, 아니면 내가 사람을 안 죽인다고 해서 나쁘지 않다는 겁니까?"

"둘 다."

둘은 숲의 가장자리에 다다르고 있었다. 바로 앞에 돌로 된 공터가 보였다. 그들은 작은 건물 정도 크기의 커다란 나무 그루터기 아래에 이르렀다. 거대한 나무였다. 그런데 나무의 나머지는 어디에 있는 거지?

비어스는 어깨너머를 돌아보았다. 커져가는 불길이 나무들을 차례로 집어삼키고 있었다. 거칠 것이 없어 보였다. 몇 분만 더 의식을 잃고 있었다면 불길에 휩쓸렸을지도 모른다는 생각이 들자 목 깊숙이 서늘한 냉기가 느껴지는 것 같았다.

"엎드려!"

비어스가 보기도 전에 로만 데이의 손이 그녀의 등을 밀었고 비어스는 이끼가 낀 땅바닥에 쓰러졌다. 무슨 일이 일어났는지 확인할 겨를도 없었다. 그는 비어스의 바로 옆에 엎드렸다. 그들의 앞에 블래스트의 에너지가 번쩍였다. 블래스트는 비어스의 왼손에서 겨우 3센티미터 앞쪽을 타격했다.

그녀는 위를 올려다보았다. 피처럼 붉은 하늘에 은색 물체가 빛을 내고 있었다. 무기였다. 무기를 든 잔다르 군인이 나무 그루터기 꼭대기에 있었다.

"저 사람은 노바군이 아닙니다." 데이가 말했다.

"그걸 어떻게 알지?"

"노바군은 질문도 하지 않고 바로 쏘지 않거든요." 그가 빠르게 대답했다.

"잠깐 기다렸다 쏠 수도 있잖아? 잠깐 기다리는 것도 노바군답지 않은 건가?" 비어스가 물었다. 둘은 모두 바닥을 안고 있는 것처럼 엎드려 있었다.

CHAPTER 29

나르다스의 통행로로 접근하는 것은 문자 그대로 지옥이었다. 스타포스가 바위 위쪽으로 올라갈 때 양쪽에서 불길이 솟구쳤고 이와 함께 진동하는 유황 냄새는 위협적일 정도였다. 아틀-라스는 계속해서 정찰에 필요한 지점으로 향했고 바위 꼭대기까지 뛰어올라가고 있었다. 그의 아래에서 욘-로그, 코라스, 브론-샤, 비어스가 기다렸다.

아틀-라스는 유리한 지점에서 내려다보면서 눈을 내리깔고 욘-로그를 돌아보며 손을 번쩍 들고 문제가 없다고 사인을 보냈다.

욘-로그는 다른 대원들에게 아틀-라스를 따라서 가자고 손짓했다. 그들은 한 번에 하나씩 바위벽을 손으로 짚으면서 위로 기어 올라갔고 꼭대기에 있는 아틀-라스에게 합류하기 위해 능숙하게 발을 옮겼다. 욘-로그는 최대한 조용히 컴링크에 대고 말했다. "잘 보고 있나?"

잠시 정적을 의미하는 바지직거리는 소리가 들렸다가 목소리가 대답했다. "잘 확인하고 있습니다. 진입로에 거의 도착했습니다."

미네-르바. 욘-로그는 주위를 둘러보았지만 그녀는 보이지 않았다. 하지만 자신이 가장 아끼는 저격수가 근처 어디엔가 자리 잡고 있다는 것을 알고 있었다. 아주 작은 문제라도 생기면 그녀는 적을 쓰러뜨리고 스타포스가 임무를 완수할 기회를 만들 수 있었다.

하지만 우리는 그런 일이 일어나도록 하지 않을 거야.

팀은 바위 꼭대기에서 다시 모였다. 그들은 바위 사이에서 몸을 납작하게 펴서 엎드렸다. 욘-로그가 손목의 기기를 조작하자 홀로그램 지도가 나타났다. 비어스는 그 이미지를 보고는 봉우리를 따라 내려가 정확히 일치하는 분화구로 들어갔다. 그곳은 특징적인 표식이 없는 콘크리트 벙커였다. 벙커의 바깥쪽에는 창문이 없었고 문은 두 개뿐이었다. 게다가 시설 밖에는 아무도 없는 것 같았다.

"이렇게 쉬울 리가 없어." 비어스가 속삭였다.

"때로는 그렇기도 해." 아틀-라스가 부드럽게 말했다.

"어려워질 거라고 생각하지." 욘-로그가 끼어들었다.

"그게 더 좋겠네요." 비어스가 대답했다. "그럼 모두가 행복해지겠죠."

코라스가 비어스를 노려보았다. "진지하게 임하지 않을 거야?"

"그녀도 이게 얼마나 진지한 임무인지 알아." 욘-로그가 코라스의 말을 끊으며 말했다. 그리고 비어스를 바라보았다. '*이게 얼마나 중요한 임무인지 알고 있지?*'라고 말하는 것 같았다.

비어스는 짧게 고개를 끄덕이고 말없이 조용히 있었다.

"좋아, 비어스. 아래로 내려가서 기지로 들어가도록 해. 설계도는 3층에 있다." 욘-로그가 지시했다.

"정확히 어디를 찾아봐야 할지 어떻게 알죠?" 비어스가 물었다.

욘-로그가 자신의 손목을 연신 눌러댔다. 그러더니 머리카락이 없고 안경을 쓴 여성의 홀로그램 이미지를 보여주었다. "피어 카알. 과학자야. 무기는 그녀의 프로젝트야. 그녀를 찾아서 설계도를 입수한 뒤 밖으로 나와."

피어 카알의 모습을 본 비어스는 그녀의 얼굴을 외우려고 눈을 크게 떴다. 비어스는 한마디도 하지 않고 짧게 얕은 숨을 들이마시고는 산봉우리에서 아래쪽 분화구로 내려갔다.

컴링크가 지지직 소리를 내며 통신을 보내왔다. "망치지 마." 미네-르바였다.

"자신감에 한 표 보태줘서 고마워." 비어스는 이렇게 대꾸하고는 돌아서 떠났다.

욘-로그는 비어스가 그들의 아래에 있는 기지에 더 가까이

다가가는 모습을 지켜보았다. *그녀는 해낼 거야. 할 수 있다는 걸 알아.*

※

치이이이익. "여전히 아무 문제없다. 적의 모습은 보이지 않는다." 미네-르바가 컴링크에 대고 말했다.

비어스는 분화구 가장자리에 거의 다다랐다. 지금까지는 적의 어떤 활동도 보이지 않았다. 전초 기지도 없었다. 적어도 스타포스의 스캔 장비의 센서에는 어떤 것도 감지되지 않았다. 잔다르인들이 여기서 무엇을 만들었던 간에 그들은 최대한 비밀을 유지하면서 진행하고 있었다. 그들이 고른 장소가 너무 멀리 떨어져 있고 너무 황폐한 곳이라서 누구도 찾아보려 하지 않기를 바랐던 것이다.

하지만 그들의 적인 크리를 과소평가한 것은 매우 안타까운 일이었다.

"끝 쪽이야." 비어스가 대답했다. "기지로 들어가는 입구에서 50미터 정도 떨어진 곳에 있어. 아무도 안 보여."

지이이이익. "아무도 없어. 들어가도 좋아." 미네-르바가 말했다.

넌 그녀를 믿어, 그렇지 비어스? 그녀가 너에게 이상한 원한 같은 것을 갖고 있다고 전장 한가운데로 이끌지는 않을 거야, 안 그래?

비어스는 그 생각을 머릿속에서 지우려고 애썼다.

계속 집중해.

하지만 비어스는 자신의 마음을 통제할 수 없었다. 비어스는 선-발에 대한 불안감과 그녀와의 대화에서 받았던 이상한 기분을 지울 수가 없었다. 이런 생각들과 팀에 대한 생각들 때문에 머릿속이 복잡했다. 욘-로그는 비어스를 믿었고 그것으로 충분했어야 했다. 하지만 그렇지 않았다.

욘-로그의 목소리가 그녀의 머릿속에서 계속해서 울렸다. 비어스는 왜 그런지 알 수 없었다. 때로는 어지러운 생각 때문에 지금 당장 중심을 잡기가 힘들기도 했다. 그 생각의 정체를 제대로 알 수 없다고 느끼긴 했지만 어쨌든 그녀의 주의를 끌고 있는 것은 분명했다. 그녀는 그 생각을 파악할 수 없었고 '그것'이 있는지조차 확신할 수 없었다.

그리고 지금은 그런 생각을 할 때가 아니야.

비어스는 불에 그슬린 커다란 바위 뒤에서 몸을 일으켰다. 그녀는 발을 내딛기 시작했고 바위와 기지의 입구 사이의 거리를 거의 몇 초 만에 주파했다. 그녀는 등을 콘크리트 벙커의 벽에 부딪히면서 컴링크에 대고 차분하고 조용히 말했다. "진입한다."

지이이이익. "행운을 빈다."

미네-르바가 방금 나한테 행운을 빈다고 한 거야? 오늘은 점점 더 이상해지는군.

미네-르바는 두 개의 바위 사이에 자리 잡은 채 망원경으로 비어스가 아래쪽 벙커로 들어가는 모습을 보았다. 벙커에는 문이라고 할 만한 것이 없었고 반대편으로 난 두 개의 구멍만이 있었다.

그녀는 비어스를 완전히 믿어도 된다고 확신하지 못했다. 비어스는 언제나 다른 이들과는 달랐다. 미네-르바는 그녀가 욘-로그의 관심을 단숨에 사로잡은 방식이 자신과는 절대 맞지 않는다는 것을 인정하고 있었다. 하지만 지금은 그게 문제가 아니었다. 모든 대원들에게는 각자의 역할이 있었고 미네-르바의 임무는 팀원들을 안전하게 지키는 것이었다. 비어스의 임무는 크리와 잔다르 사이의 힘의 균형을 바꿀 수 있는 설계도를 훔쳐서 가지고 나오는 것이었다.

치이이이익. "비어스에게서 아무 연락이 없었나?" 컴링크로부터 목소리가 들렸다.

욘-로그였다.

미네-르바는 컴링크를 켜서 자신에게로 기울인 다음 말했다. "그녀는 기지 안으로 들어가고 있습니다. 다른 얘기는 듣지 못했습니다."

지이이이익. "―어쩌면 벙커 안에서" ―*지이이이익*― "신호가 안 잡힐지도 몰라." 욘-로그가 말했다.

미네-르바는 대답하지 않았다. 그녀는 움직임의 징후가 있는지 계속 망원경으로 벙커를 감시하며 이에 집중하고 있었다. 다섯 사람의 목숨이 그녀의 시선에 달려 있었다.

그때 그것을 보았다.

아니, 그들이라고 해야 할 것이다.

"다섯 시 방향." 미네-르바가 컴링크에 대고 적의 위치를 보고했다. "세 사람, 모두 노바 군단의 장비를 착용하고 있습니다."

지이이이익. "그들을 잘 지켜보도록." 욘-로그가 대답했다. "브론-샤, 자넨 나와 함께 간다. 우린 그들을 계속해서 감시해야 한다. 코라스, 아틀-라스. 자네들은 누가 나타날 상황을 대비해 이곳에서 대기하도록."

미네-르바는 망원경을 조정하고 다시 설치했다. *이제 상황이 흥미롭게 돌아가는군.*

CHAPTER 30

치이이이익. "자네들은 누가 나타날 상황을 대비해 이곳에서 대기하도록."

화물선의 통신 시스템을 통해 지직거리는 목소리가 크게 들려왔다. 선-발은 크리군의 오인 사격으로 파손된 선체를 복구하는 데 집중하고 있었다. 그녀는 언뜻 보고는 실제 피해보다 더 심해 보이는 거라면 좋겠다고 생각했다. 하지만 자세히 살펴보고 작업을 시작하자 상태가 얼마나 심각한지 알게 되었다. 그리고 그들이 얼마나 나쁜 상황에 처했는지도.

"맞아서 이렇게 됐단 말이지." 선-발은 혼잣말로 중얼거렸다. 그녀는 크리의 초반 공격을 받아 임시 보호막을 생성했던 방어 회로를 더 자세히 살펴보기 위해 갈라진 틈 옆에 있는 내부 패널을 제거했다.

회로는 완전히 불타버렸다. 선-발은 믿을 수 없다는 듯이 고개를 저었다. 보호막이 작동했던 것 자체가 거의 기적이라고 할 수 있었다. 만일 그 부분이 조금만 더 많은 피해를 입었더라면 비어스가 버튼을 내리쳤을 때 보호막이 생기지 않았을 것이다.

그럼 스타포스에게도 이별을 고해야 했을 것이다.

선-발은 일어나 화물 창고 쪽으로 다시 걸어갔다. 화물선의 필수품까지 모두 내다버렸지만 비상사태가 발생할 경우를 대비해 몇 가지는 남겨두었던 것이다. 예를 들자면 여분의 선체 패널 두 개가 있었다. 선-발은 그것들을 꼼꼼히 살펴보았다. 본래 선체만큼 아주 튼튼하게 만든 것은 아니었지만 어느 정도 버틸 수 있을 것 같았다. 적어도 고국 크리로 돌아갈 수 있을 정도는 되어 보였다.

아무도 우리에게 발사하지 않는다면 말이야.

그녀는 패널 하나를 들어 위쪽으로 옮겼다. 그리고 균열이 생긴 부분으로 가져가 고칠 부분에 갖다 댔다. 정확히 들어맞지는 않았지만 약간의 망치질과 용접, 대량의 욕설을 적절히 섞으면 스타포스가 임무를 완수하고 돌아올 때까지 모든 것을 제대로 처리할 수 있을 것 같았다.

"그럼 시작해볼까." 듣는 사람은 없었지만 선-발은 이렇게 말하고는 공구 상자에서 용접용 토치를 꺼내 불을 붙였다.

선-발은 용접용 토치 끝에서 나오는 파란 불꽃에 집중하면서 금속판의 맨 위쪽 가장자리부터 작업을 시작했다. 더딘 작업이었다. 그녀는 몇 센티미터마다 단단히 용접되었는지 확인해야만 했다. 용접이 끝나면 제대로 붙어 있는지 전부 현미경으로 들여다보듯이 다시 검토해야 했다.

다시 컴링크에 통신이 들어왔다. *치이이익.* "여기는 아틀-라스다. 코라스, 내 시야에서 욘-로그나 브론-샤가 보이지 않는다. 그쪽에서는 확인 가능한가?"

선-발은 작업 중에 이 통신을 들었다. 그녀의 업무는 우주선을 모는 것이 전부였다. 그래서 이는 실제로 일어나는 일이 아니라 마치 라디오 드라마 같은 것을 듣는 느낌이었다. 적어도 그녀는 그렇게 생각했다.

치이이익. "네거티브. 이쪽에는 아무것도 없다. 코라스 아웃."

이쪽 면은 거의 다 됐군….

약 삼십 분 후에 선-발은 용접을 끝냈다. 그녀는 이것이 자신의 최고의 작품은 아니지만 그렇다고 최악도 아니라고 생각했다.

그녀는 이마에 맺힌 땀방울을 닦고 화물선 해치에서 밖으로 나가서 할 일이 있는지 살폈다. 이쪽 방향에서 보면 패널이 잘 붙은 것 같았다. 견뎌줄 것이었다.

잘 붙어 있어야 해. 아니면 우리는 곤경에 처할 거야. 내가 힘들어질 거야.

딱!

갑자기 들려온 날카로운 소리에 화물선을 둘러싸고 있던 정적이 깨졌다. 마치 나뭇가지나 막대기가 부러지는 소리 같았다. 선-발은 화물선 한쪽에 서 있는 나무를 바라보았다. 다른 쪽에는 바위밖에 없었고 바위 틈 사이로는 불꽃이 터져 나오고 있었다.

이렇게 불꽃이 터지고 있는데 어떻게 이 행성에 나무가 자랄 수 있지? 그리고 왜 너는 지금 이 순간 그런 생각을 하고 있는 거야?

선-발은 나무들이 있는 곳을 자세히 살펴봤지만 아무것도 발견하지 못했다. 그녀가 다시 패널의 접합 부분에 관심을 돌렸을 때 아까와 같은 딱 소리가 다시 들려왔다.

선-발은 허리띠에 달린 주머니에 손을 넣어 작은 권총을 꺼냈다. 선-발은 욘-로그가 스타포스에게 '무기를 들지 말라'고 한 것을 알고 있었지만 자신은 엄밀히 말하면 스타포스가 아니니 그 명령은 자신에게 해당되지 않는다고 판단했다. 선-발은 숲 쪽으로 다가가면서 오른손에는 권총을 들고 왼손으로 받치면서 목표물을 서서히 조준했다. 그녀는 조심스럽게 한발 한발 앞으로 내디뎠다. 어떤 움직임이라도 있는지 확인하기 위해 눈동자를 앞뒤로 사정없이 움직였다.

욘-로그가 크리의 특급 조종사 중에서 특별히 선-발에게 이번 임무를 맡아달라고 요청한 것은 그녀의 놀라운 비행 기술 때문만은 아니었다. 선-발은 숙련된 저격병일 뿐만 아니라 거친 지형에서의 전투가 특기였다. 대부분의 조종사들은 그렇지 않았다. 욘-로그는 그녀에게 브리핑을 하면서 그녀의 주된 임무는 화물선을 조종하는 것이지만 심각한 상황에는 스타포스 팀의 지원 업무를 맡아줘야 한다고 분명히 요구했다.

선-발은 불확실한 위치에서 들려오는 의심스러운 소리는 심각한 상황이라고 인식했다.

그녀는 욘-로그가 코라스와 마찬가지로 자신을 암묵석으로 신뢰한다는 것을 알고 있었다. 다른 이들은? 확신할 수 없었다. 자신을 계속 바라보던 비어스의 모습이 떠올랐다. 왜 그 전사는 그녀를 그렇게 의심하는 것일까?

선-발이 왼쪽 소매를 걷어 올리자 손목의 제어 장치가 모습을 드러냈다. 장치를 손가락으로 몇 번 누르자 화물선의 해치가 작동되면서 닫혔다.

내가 돌아왔을 때 반갑지 않은 손님들이 기다리고 있는 건 싫어.

선-발은 다시 한 번 조준하며 숲 속으로 걸어 들어갔다.

CHAPTER 31

"문제가 생겼어요." 데이가 그들을 공격하는 사람을 올려다보며 말했다. "그는 높은—"

"그만 말해도 돼." 비어스가 말을 잘랐다. "무슨 말인지 알겠어."

위에서 쏘아대는 총격이 데이와 비어스 사이의 땅을 강타했다.

"그가 누구건 간에 우리를 갖고 노는 것 같아요." 데이가 인상을 쓰며 말했다.

그러지 마. 욘-로그가 그러지 말라고 했어. 넌 이보다 더 잘할 수 있다는 걸 알잖아. 감정적으로 굴지 말고 머리를 써. 그럼 더 잘 해낼 수 있을 거야.

"그럼 같이 놀아줘야지." 비어스는 이렇게 말하며 자신의 머릿속에서 비명을 지르고 있는 작은 목소리를 무시하고 미소를 지었다. *미안해요, 욘-로그. 내가 감정을 표출할 기회를 거부하*

지 못한다는 걸 알잖아요.

"무슨 뜻인지 이해를 못했어요." 데이가 고개를 숙인 채로 말했다.

"당신한테 얘기한 거 아니야." 비어스는 경고도 없이 똑바로 일어났다. 그녀는 거대한 그루터기 위에 자리 잡은 저격수에게는 매력적인 표적이었다. 그녀는 적의 무기 총열에서 빛이 반짝이는 것을 보았다. 총은 이제는 직접 그녀를 조준하고 있었다. 비어스는 두 팔을 쭉 뻗어 주먹 쥔 두 손을 들었다. 그녀는 적당하다고 생각하는 각도까지 주먹을 움직여 방향을 맞췄다. 마치 조준이라도 하는 것 같았다.

"대체 뭘 하—." 데이가 말을 꺼냈다.

그리고 비어스가 발사했다. 그녀의 몸이 빛나기 시작했다. 빛은 온몸의 힘을 모아 주먹으로 집중되었고 곧바로 그녀의 주먹에서 포톤 블래스트가 분출되었다. 비어스의 주먹에서부터 에너지의 광선이 일직선으로 그루터기 꼭대기까지 뻗어나갔다. 그리고 폭발이 일면서 비명이 들렸다. 포톤 블래스트가 타격한 곳에 불길이 타올랐다.

저격수는 둔탁한 소리를 내며 그루터기 꼭대기에서 땅바닥으로 떨어졌다. 그의 몸은 움직이지 않았지만 비어스는 정체 모를 저격수가 여전히 숨을 쉬고 있다는 것을 알 수 있었다.

그런 뒤 비어스는 데이를 돌아보며 미소를 지었다.

"문제 해결." 비어스는 간단하게 말했다.

"어떻게 한 거죠?" 데이가 일어나 비어스의 손을 가리키며 말했다. "손으로, 그걸 어떻게···."

비어스는 자신의 손을 내려다보았다. 그의 질문은 그녀가 비밀을 드러내는 것보다 스스로에게 더 자주 묻는 질문이었다. "나도 모르겠어. 그러니까, 나도 어떻게 하게 됐는지 기억이 나지 않아···. 그냥 내가 할 수 있는 거야."

데이는 머리를 긁적였다. "꽤 멋진데요."

비어스가 고개를 끄덕였다. "편리해. 하지만 사람들의 주목을 끌기도 하지. 누가 이 사람과 함께 있었다면 우리 존재를 들켰을 거야."

"내 생각에 그들은 이미 우리가 여기 있다는 걸 알 거예요. 누군가 그 사람들에게 정보를 줬겠죠."

"어떻게?" 비어스가 물었다. "우리는 스캐닝 범위를 벗어난 곳에 잘 착륙했어. 완전히 잠입했는데."

"지금 중요한 건 그게 아니에요. 나중에 말해줄게요."

데이에게는 안타깝게도 그건 비어스의 방식이 아니었다. "그냥 지금 얘기하는 것이 어때? 당신을 구워버리기 전에?" 비어스가 오른손가락을 꼼지락거리면서 말했다.

"좋아요." 데이는 공격자가 누워 있는 그루터기를 향해 걸어가며 말했다. "이 사람을 잘 봐요."

비어스는 데이의 뒤를 따랐다. 멀리서 보고 내렸던 그녀의 판단은 옳았다. 그는 여전히 숨을 쉬고 있었다. 하지만 떨어져서

의식을 잃은 상태였으며, 몸은 그녀가 쏜 광선 때문에 그을려 있었다. 남자는 잔다르 장갑을 끼고 있었지만 그의 모습에는 뭔가 이상한 점이 있었다. 뭐랄까 변형되는 것 같다고나 할까, 그의 얼굴이 마치… 녹아내리는 것 같았다.

내가 이렇게 만든 건가?

"당신이 한 게 아니에요." 데이는 그녀의 마음을 읽기라도 한 듯 말했다. "그냥 보기만 해요."

비어스는 계속 보고 있었다. 잠시 후 의식을 읽은 남자의 모습이 다시 변하기 시작했고 그의 피부는 초록색을 띠었다. 귀가 뾰족해졌고 아랫입술 밑에는 작은 주름처럼 조그만 수직의 융기가 생기기 시작했다.

"스크럴이군!" 비어스는 충격 받은 목소리로 말했다. 그리고 자신의 목소리에 놀랐다.

"스크럴이죠." 데이가 그녀의 말을 반복했다. "이제 아마 이렇게 생각하겠죠. '이봐, 대체 여기서 무슨 일이 일어나고 있는 거야'?"

당연히 그렇지.

"비슷해."

"그들은 당신이 오기 직전에 여기 도착했어요. 난 그들이 도착한 직후부터 뒤를 밟고 있었죠. 그들도 당신들과 같은 이유로 이곳에 왔어요. 액시엄 캐넌의 설계도를 훔치기 위해서."

"그리고 그가 우리를 대놓고 죽이려고 했기 때문에 그가 스크럴이라는 걸 알았다는 건가?"

"꽤 괜찮은 생각 아닌가요."

"몇 명이나 더 있지?"

"한 명. 배에서 두 명이 내리는 것을 봤어요. 잔다르인인 척 비행하고 있었어요."

우리만 그렇게 훌륭한 계획을 가지고 있었던 것이 아니라서 다행이군. 욘-로그에게 알려줘야 하는데….

"화물선으로 되돌아가야 해." 한동안 느껴지지 않던 욱신거리는 감각이 다친 다리에서 다시 느껴지기 시작했다. 데이가 준 것이 무엇이든 간에 효과가 떨어진 것이었다. 비어스는 이를 악물었다. 처음 벙커에 들어갔을 때 직감을 믿고 오른쪽으로 돌기만 했어도 이런 상황은 없었을 것이다. 비어스는 점점 심해져 가는 통증을 잊어보려고 처음 있었던 일들부터 다시 생각했다.

이건 지금까지 했던 임무 중에 가장 소름끼치는 일이야.

CHAPTER 32

비어스는 콘크리트 벙커에 들어서자 그곳이 거의 텅 비어 있다는 사실에 놀랐다. 어두컴컴한 벙커는 가스와 연기로 가득 차 있었고 그 때문에 눈에서 눈물이 흘렀다. 그녀는 오른손으로 입과 코를 가렸다. 눈앞이 흐려져 똑바로 뜨려고 눈을 깜빡였다. 하지만 별 효과가 없었다.

연기와 가스 때문에 안으로 들어가는 것은 쉽지 않았다. 하지만 멀리 모퉁이 근처 벽 쪽에 작은 바위가 있는 것이 분명해 보였다. 그녀가 파악할 수 있는 벙커의 특징은 그것뿐이었다. 이는 아무 의미가 없을 수도 있지만 여기서 벌어지는 상황을 해결할 유일한 방법이 될 수도 있었다.

혹시 누군가 지켜보고 있다 해도 이 연기 사이로 뭔가 볼 수 있을 것 같지는 않아. 그러니 가볼까…

그녀는 벽을 따라 가능한 낮은 자세를 유지하며 움직이려고 애쓰면서 아까 봤던 작은 바위 쪽으로 살금살금 기어갔다. 임무가 급박하게 진행되면서 그녀는 언제나처럼 스스로를 대담하고 강인하다고 느꼈다.

작은 바위에 도착한 비어스는 그 바위를 들려고 시도했다. 바위는 움직일 조짐을 보이지 않았다. 하지만 그렇다고 바닥에 붙어 있는 것 같지도 않았다. 그저 바닥에 올려져 있는 것 같았다. 그런데 왜 들리지 않는 것일까?

비어스는 무릎을 꿇고 바닥을 좀 더 자세히 살펴보았다. 그러자 바위를 둘러싸고 있는 작은 홈이 원형을 이루고 있는 모습이 눈에 들어왔다. 마치 바위 주위의 바닥이 뭔가에 의해 반복적으로 회전한 것 같았다.

뭔가 돌아가는 건데….

비어스는 바위에 손을 얹고 시계 방향으로 돌리려고 했다. 하지만 움직이지 않았다. 그러자 그녀는 시계 반대방향으로 돌려보았다.

그러자 바위가 응답하듯이 회전하기 시작했다.

몇 초 후 바위가 회전을 멈추었고 바닥의 작은 원형 홈이 땅 밑으로 내려가는 모습이 보였다.

숨겨진 입구가 나타나는구나.

비어스는 주저하지 않고 바닥의 구멍으로 뛰어들었다.

비어스는 표면에 세게 떨어졌다. 그녀는 자신이 터널 안으로 들어왔다는 사실을 깨달았다. 바닥에는 타일이 붙어 있었고 벽에도 마찬가지였다. 천장에는 5미터마다 희미한 노란 불빛이 빛나고 있었다. 복도는 끝없이 뻗어 있는 것처럼 보였다. 복도의 양쪽에는 문들이 있었는데 어떤 표식도 없었다.

"들어왔어요." 비어스가 자신의 컴링크에 대고 속삭였다.

하지만 그녀는 잡음밖에 들을 수 없었다.

지하에서는 통신도 안 되는군. 이것도 멋지네.

비어스는 천천히 조심스럽게 복도로 걸어 내려갔다. 그녀는 오른쪽 벽에 기대어 등을 바싹 붙이고 움직였다. 그녀는 몇 초마다 바닥을 내려다보면서 아무것도 밟지 않는지 확인하며 걸어갔다. 혹시 모를 숨겨진 경보를 작동시키지 않으려는 것이었다.

오른쪽 첫 번째 문에 도착했다. 창문은 보이지 않았다. 문 너머에 무엇이 있는지 알아보는 유일한 방법은 문을 열고 안으로 들어가보는 것뿐이었다. 비어스는 문에 손바닥이 닿자마자 문이 바닥으로 훅 들어가는 바람에 놀랐다.

비어스가 방 안으로 한 발을 디디자 자동으로 천장의 조명이 켜졌다. 방 안에는 책상과 낡은 침대 하나, 싱크대가 보였다. 한쪽 벽에는 책이 꽂혀 있는 선반이 있었다. 그 공간은 마치 누군가가 살던 숙소처럼 보였다. 방에서 보이지 않는 것은 그 방의 거주자뿐이었다.

비어스는 복도로 다시 걸어 나와서 출구 위쪽으로 올라오는 것을 잠시 지켜보았다. 복도를 내려다보자 왼쪽에 있는 문 두 개와 오른쪽에 있는 문, 그리고 복도 끝 쪽에 있는 문이 보였다.

어느 문에 숨겨 놓은 거지, 피어 카알?

비어스는 복도 끝에 다다랐다. 그녀는 왼쪽에 있는 문 두 개와 오른쪽에 있는 문 하나를 추가로 열었다. 한 방에는 집기가 가득 차 있었고 하나는 컴퓨터실이었으며, 나머지 하나는 어떤 종류의 실험에 사용된 것으로 보이는 작은 성능 시험장처럼 보이는 방이었다.

이제 남은 것은 복도 끝에 있는 방뿐이었다. 피어 카알이 있을 수도 있고 없을 수도 있었다. 만일 그녀가 그곳에 없다면 이 임무는 무산될 것이었다.

그녀는 마지막 문까지 걸어갔고 손을 문 가운데에 갖다 댔다. 문은 아래로 쑥 내려갔다.

"당신이 올 줄 알았어요." 목소리가 들렸다.

비어스가 안을 들여다보자 머리카락이 없는 여자가 기계 더미 뒤에서 안경을 이마에 올린 채 앉아 있었다.

"피어 카알?" 비어스가 물었다.

"피어 카알." 과학자가 대답했다. 그녀는 작업대 뒤에서 재빨리 일어나 말 그대로 비어스에게로 뛰어가듯 다가갔다. 그리고 비어스의 어깨를 잡고 힘차게 흔들었다. "당신이 여기 와서 다행입니다. 이제 이 광기를 끝낼 수 있겠군요."

비어스는 카알의 손을 뿌리쳐 자신의 어깨에서 떼어냈다. "그래서 내가 여기 온 겁니다. 설계도를 갖고 있어요?"

카알은 비어스를 바라보았다. "내가 그 설계도예요."

CHAPTER 33

"아틀-라스, 코라스, 들리나? 대답하라, 들리나?"

잡음만이 들렸다.

미네-르바는 한 시간 동안 쪼그리고 앉아 있었다. 다리가 저려와 비수로 찌르는 듯한 통증이 느껴지자 그녀는 체중을 왼쪽 다리에서 오른쪽 다리로 옮겼다. 미네-르바에게는 선택의 여지가 별로 없었다. 욘-로그와 브론-샤가 세 명의 노바 장교를 감시하는 동안 미네-르바는 기지를 안전하게 지키고 그 안 어디엔가 있는 아틀-라스와 코라스를 위에서 살펴보는 임무를 수행해야 했다.

비록 스타포스가 산 정상에서 내려가면 컴링크가 실질적으로 쓸모없어진다고 해도 말이다.

미네-르바는 조준경을 들여다보며 콘크리트 벙커로 통하는 두 개의 입구를 확인했다. 움직임의 흔적은 없었다. 분화구 너머 반대편에는 나무들밖에 없는 것 같았다. 땅의 갈라진 틈으로 분출되는 가스 소리 외에는 들리는 소리도 거의 없었다.

난 조용해지는 게 싫어.

하지만 미네-르바가 침묵을 오래 참을 필요는 없었다. 갑자기 어디선가 미네-르바의 귀를 때리는 듯한 굉음이 들려왔다. 그 강력한 울림 때문에 두통을 느낀 미네-르바는 손가락 끝으로 관자놀이를 누르고 싶은 충동을 억누르고 무기를 손에서 놓지 않은 채 계속해서 조준경을 바라보았다.

미네-르바는 그 불쾌한 소음이 어디에서 들려오는지 정확한 위치를 파악하려는 듯이 조준경을 눈에서 떼지 않고 고개를 앞뒤로 돌렸다. 그녀는 아무도 보지 못했다. 지면 아래에도 아무런 움직임이 느껴지지 않았다.

그리고 위를 힐끗 올려다보았다.

바로 위쪽 하늘에 새처럼 보이는 물체가 떠 있었다. 작고 날개 두 개가 달려 있었다. 하지만 미네-르바는 그것이 새가 아니란 것을 알고 있었다.

그것은 스텔스 폭탄이었다. 하지만 잔다르는 스텔스 폭탄을 쓰지 않았다. 스텔스 폭탄은 용병이나 은하계의 더 호전적인 일부 행성에서 사용하는 무기였다.

뭐가 됐든 지금은 그걸 신경 쓸 때가 아니었다. 미네-르바는 폭탄을 보자마자 컴링크에 대고 소리쳤다. "공격이다! 모두 대피! 분화구에서 나와! 당장!"

상대편에서는 대답이 없었다. 그러다가 갑자기 *치이이이익.*

"―겠다, 바로 올라가겠다! 코라스와 나는 나간다!"

그리고 그녀는 아래를 보았다. 스텔스 폭탄이 엄청난 속도로 지면에 하강하여 곧바로 벙커로 돌진하고 있었다. 분화구 외곽 쪽에 있던 미네-르바는 아틀-라스와 코라스가 분화구 가장자리를 넘어서 그녀가 있는 쪽으로 오는 모습을 볼 수 있었다. 그런데 다른 사람들은?

그때 스텔스 폭탄이 목표물을 명중시켰고 모든 것이 하얗게 변했다.

오존 냄새가 대기를 가득 메웠고 하늘에서 하얀 섬광이 일었다가 곧이어 낙진과도 같은 검은 그을음이 그 자리를 대신했다. 미네-르바는 폭탄이 터지기 직전에 가까스로 눈을 돌려 스텔스 폭탄의 불빛에 의해 실명할 위기를 모면했다. 그녀는 팀원들과 연락을 하려고 애를 썼지만 컴링크에서는 지지직거리는 잡음만이 흘러나올 뿐이었다.

"아틀-라스, 코라스, 들리나? 욘-로그, 브론-샤, 들리나?"

잡음만 계속되었다.

미네-르바는 팀원들을 기다리고 있던 바위 속 은신처에서 몸을 일으켜 위쪽으로 올라가기 시작했다. 위에서 내려다보아도 콘크리트 벙커는 보이지 않았다. 두툼하고 검은 그을음이 내리는 모습뿐이었다. 그리고 자신의 뒤로 얕은 숨소리가 들려왔다.

미네-르바의 심장박동이 빨라졌다. 그녀는 몸을 돌리면서 총을 발사 위치로 회전시켰다. 그리고 손가락을 단발에서 속사포 발사 위치로 바꾸었다.

"워! 워! 우리야!"

아틀-라스였다.

아틀-라스가 그을음 사이로 모습을 드러냈다. 그의 옆에는 코라스가 서 있었다. 둘은 고운 먼지를 뒤집어쓰고 있었다.

"욘-로그나 브론-샤는?" 그녀가 물었다.

코라스는 고개를 저었다. "없었어. 컴링크로 그들과 연락이 안 되는 거야?"

미네-르바는 컴링크 채널을 돌렸지만 잡음만이 들릴 뿐이었다. 코라스는 고개를 끄덕였다.

"이제는 어쩌지?" 아틀-라스가 말했다. "난 아래로 내려가서 비어스를 벙커에서 꺼내 와야 한다고 생각해."

"우리는 명령대로 해야 해." 코라스가 아틀-라스에게 손을 올리며 말했다. 그는 이미 꼭대기에서 분화구로 내려가기 시작하고 있었다. "화물선으로 되돌아가, 당장."

"그 명령들은 누가 내린 거죠?" 미네-르바가 물었다.

"욘-로그가 내렸어. 상부에서 받은 명령이지. 우리는 화물선

으로 돌아가서 기다린다. 브론-샤와 욘-로그는 스스로를 책임
질 수 있어." 코라스가 말했다.

"그럼 비어스는요?" 미네-르바는 완강한 말투로 말했다.

코라스는 잠시 걸음을 멈추었다가 고개를 저으며 대답했다.
"명령은 명령이야. 그녀 역시 자신을 감당할 수 있어."

잠시 동안 미네-르바는 실제로 그를 믿을 뻔했다.

CHAPTER 34

"*그게 무슨 뜻이죠? '내가 그 설계도'라니?*" 비어스는 카알의 비밀스러운 말에 치미는 짜증을 감추려고 애쓰지 않았다. 그녀는 게임을 할 시간도 인내심도 없었다.

피어 카알은 비어스를 보며 웃었지만 그녀와 눈을 맞추지는 않았다. "내가 그 설계도라고요. 설계도는 내 머릿속에 있어요. 오직 나만 알고 있죠."

비어스는 피어 카알을 바라보았다. "설계도가 작동됩니까?"

카알은 고개를 천천히 끄덕였다. "이곳 시길에서 보고 있는 것이 바로 그 액시엄 캐넌의 직접적인 결과예요. 캐넌을 발포하기 전에 이 행성은 천국이었죠. 무성하고 울창한 숲이 가득하고 온갖 종류의 식물과 꽃들이 뿌리내리고 번성했어요. 그런데 지금은? 지진과 화염이 난무하고 용암이 흐르고 있어요. 행성 전체에 말이에요."

"그 액시엄 캐넌이 이렇게 만들었단 겁니까?" 비어스가 믿을 수 없다는 듯이 말했다.

"끔찍한 무기예요. 아무것도 남지 않을 때까지 행성을 천천히 심각하게 파괴해요. 지금은 아직 푸른 식물이나 생명체들이 생존해 있긴 하지만 일 년 후에 이곳에 다시 오면 더 적어져 있거나 아무것도 남아 있지 않을지도 몰라요."

비어스는 뒤통수를 긁었다. "그래서, 만일 그 설계도가 당신의 머리에 있다면 아마 당신이 나와 함께 가야 하는 거겠죠?"

카알은 비어스에게로 다가가면서 자신의 셔츠 속으로 손을 가져갔다. 비어스는 재빨리 공격태세로 전환했지만 카알은 아무것도 꺼내지 않고 말했다. "아뇨, 잠깐만요. 뭘 좀 보여줄게요." 그러고는 목에 걸고 있던 은색 체인을 비어스에게 보여주었다.

카알이 자신의 목에 걸었던 체인을 모두 꺼내자 비어스는 그 끝에 달린 무언가를 볼 수 있었다. 콩알만 한 크기의 작은 은색 캡슐이었다. "액시엄 캐넌에 대해 내가 아는 모든 것을 이 데이터 캡슐에 기록해놓았어요. 가져가요." 카알은 이렇게 말하며 캡슐이 달린 은색 체인을 비어스에게 건넸다.

비어스는 목에 체인을 걸고 누구도 보지 못하도록 전투복 속에 캡슐을 숨겼다. "당신은 어쩔 셈이죠? 계속 이곳에 있으면 어떤 일이 벌어지는 거죠?"

카알은 고민하는 것처럼 보였다. "모든 것이 밝혀진다면 나는 아마 배반의 대가를 치르겠죠." 그녀의 목소리에는 슬픔이 묻어 있었다. "내가 원했던 것은 그저 뭔가를 창조하는 것이었어요. 하지만 지금 이 상황이 그 결과예요." 그녀는 실험실 주변을 가리키며 말했다.

"같이 가요." 비어스가 문을 가리키며 말했다. "우리가 당신을 이곳에서 데리고 나갈 수 있어요."

"크리군과 같이 가자고요? 차라리 잔다르와 함께 하는 것을 선택하겠어요." 카알이 얼굴에 미소를 띠며 대답했다. "당신은 떠나요. 내가 있을 곳은 여기예요. 내가 받아야 할 벌이 무엇이든, 그것이 죽음이라고 해도 우주의 균형을 가져올 수만 있다면 가치가 있어요."

"*지금도 균형을 가질 수 있어!*"

비어스의 뒤에서 고함소리가 들렸고 그녀가 미처 몸을 돌리기도 전에 무언가를 느꼈다. 뜨거운 금속조각이 오른쪽 다리를 깊고 날카롭게 파고든 것이었다. 고통으로 시야가 흐려질 정도였다. 사실 처음에는 고통이라고 느끼지도 못할 정도였다.

비어스는 본능적으로 칼날을 잡고 쳐서 칼을 떨어뜨리게 하려고 했다. 무기를 휘두르고 있는 여자는 잔다르 전투 장비를 착용하고 있었고 몸이 벽처럼 단단했다. 비어스는 칼을 잡은 그녀의 손을 벽에 세게 내리찍었다. 한 번, 두 번, 세 번.

하지만 그녀는 칼을 놓으려 하지 않았다.

"반역자들에게 마땅한 최후란 이거야!" 그 잔다르인은 비어스의 손을 뿌리치고 이렇게 소리를 지르며 피어 카알을 공격하려고 시도했다.

"그 칼. 내려놔!" 비어스는 다리의 통증을 견디면서 칼을 들고 있는 잔다르인의 손을 다시 있는 힘껏 세게 내리쳤다. 그 전사는 마침내 칼을 놓쳤고 칼은 챙 소리를 내며 바닥에 떨어졌다.

그리고 그때 귀를 찌르는 날카로운 휘슬 소리가 들려왔다.

"공격이다!" 비어스가 소리쳤다.

하지만 이미 너무 늦었다. 벙커가 폭발하며 비어스는 바닥에 내동댕이쳐졌다. 그리고 폭발 때문에 비어스를 죽이려 했던 잔다르 전사와 피어 카알이 그녀의 눈앞에서 사라졌다.

CHAPTER 35

"이런 불길과 용암 사이에서도 식물들이 여전히 살아 있다는 것이 믿기지 않아요." 데이는 나무가 드문드문 나 있는 숲을 비어스와 통과해 나가면서 그 모습을 조용히 관찰했다.

그들은 덤불 속을 삼십 분 정도 걸어가고 있었다. 비어스는 스크럴과 전투를 벌였던 장소에서 꽤나 떨어져 있다는 것을 깨달았다. "우리 우주선은 저쪽 나무들이 있는 곳 바로 너머에 있어." 그녀는 고개를 갸우뚱하며 말했다. "내 생각엔 그랬던 것 같아."

"내 임무는 당신을 우주선으로 멀쩡하고 안전하게 데려다주는 겁니다. 당신 동료들을 만날 생각은 전혀 없어요. 그들 역시 날 만나고 싶지는 않을 겁니다."

비어스는 데이를 바라보았다. "뭔가 알고 있구나."

데이는 당황한 듯이 보였고 다소 놀란 것 같았다. "나? 난 아무것도 모릅니다. 아무한테나 물어봐요. 내가 아는 게 없다고 할 걸요."

"불어."

데이는 한숨을 쉬고 말을 시작했다. "왜 당신이 기지로 들어가서 설계도를 빼내는 임무를 맡게 되었는지 알고 싶은 거죠?"

이 자식이 내 마음을 읽고 있는 건가?

"그건 바로 당신이 팀원들 중에서 질문을 하지 않고 가장 먼저 살인을 저지를 사람이기 때문입니다."

비어스는 아무 말 없이 걷기만 했다. 멀리서 가스가 분출되는 소리가 들려왔다.

"당신이 선택된 것도 같은 이유인가?"

데이가 고개를 끄덕였다. "옙."

"어떻게 그걸 알고 있지? 내가 왜 당신을 믿어야 하지?"

"날 믿을 필요는 없어요. 난 당신과 마찬가지로 명령을 따를 뿐이니까. 하지만 이런 종류의 임무는 그냥 맡게 되는 것이 아닙니다. 최고위층에서 내려오는 거죠."

최고위층? 대체 무슨 말이야?

"너희 둘이 떠드는 소리 때문에 전 군대가 쫓아올 지경이야."

늘어선 나무들 뒤에서 튀어나온 목소리가 비어스의 머릿속을 채우던 어지러운 생각들의 흐름을 끊어놓았다.

"사령관님!" 비어스가 소리쳤다. 욘-로그가 울퉁불퉁한 나무

줄기 뒤에서 모습을 드러냈고 브론-샤와 선-발이 그의 뒤를 따랐다.

"너희들도 모두 무사했구나, 그럴 줄 알았어." 비어스가 무미건조하게 말했다.

"우리는 자네에게 설계도를 가져올 시간을 벌어주기 위해 기지에서 본 세 명의 잔다르인을 따라가서 그들이 다시 돌아오지 못하게 만들었지." 욘-로그가 말했다. "설계도는 가져왔나?"

"어떨 것 같아요?" 비어스가 짧게 물었다.

욘-로그는 웃으면서 두 손을 들어 항복한다는 제스처를 취했다. 그러고는 로만 데이를 바라보았다. 욘-로그의 얼굴에는 미소가 온데간데없이 사라지고 없었다. "당신 임무는 끝났어."

데이가 고개를 끄덕였다. "이제 제가 할 일은 다 했군요. 당신을 절대 못 만나서 기쁘고 오늘 여기서 무슨 일이 일어났는지 몰라서 참 다행입니다."

"동감이야." 욘-로그가 말했다.

"고마워." 비어스가 데이의 눈을 바라보며 말했다. "멋진 시간이었어."

"최고였죠." 데이가 대답했다. 그러고는 반대편으로 걸어갔다. 채 일 분도 안 되어 그의 모습이 숲 속으로 사라졌다.

"화물선으로 돌아와서 다행이야." 선-발이 말했다. 그녀의 목소리는 꽤나 다급한 어조였다.

"여기서 뭘 하는 거죠, 선-발?" 비어스가 물었다. "화물선을 지키고 있어야 하는 것 아닌가요?"

"이곳으로 돌아오는 길에 숲에서 만났어." 브론-샤가 말했다. "뭔가를 발견하고 조사하려고 화물선에서 나왔다는군."

"우리 배를 탈취하지 못하도록 해야 했거든." 선-발이 말했다.

비어스는 그 말을 단 한 순간도 믿지 않았다.

CHAPTER 36

그들은 나무 사이를 뚫으며 지나갔다. 그때 그 일이 일어났다.

비어스가 수풀 밖으로 가장 먼저 모습을 드러냈다. 선-발이 욘-로그와 함께 뒤를 따랐고 브론-샤가 그 바로 뒤에 있었다. 비어스는 모든 일이 슬로우 모션으로 재생되는 것만 같았다.

바로 눈앞에 화물선이 보였다. 아틀-라스가 해치 옆에 서 있었고 코라스는 조종석에 있었다. 배는 엔진에 시동을 건 채로 소리를 내며 이륙 채비를 하고 있었고, 미네-르바는 화물선과 나무들 사이 중간쯤에서 비어스를 향해 다가오고 있었다.

"엎드려!" 미네-르바가 갑자기 소리를 지르며 자신의 무기를 노려보며 비어스가 있는 방향으로 조준했다.

지금 날 쏘려고 하는 거야?

그때였다. 비어스는 무기의 칼날이 어깨뼈 사이를 파고드는 것을 느꼈고 욘-로그와 브론-샤가 그녀에게 고함을 지르는 소리가 들렸다.

"엎드려!"

또 *미네-르바*군.

비어스는 바닥에 쓰러지면서 땅의 돌에 세게 부딪혔다. 다친 다리에 충격을 받았고 이어서 뭔가가 찢어지는 것이 느껴졌다.

비어스는 엎드린 채 미네-르바가 총을 두 번 발사하는 것을 보았다.

그리고 자신의 옆에 누군가 쓰러지는 소리를 들었다.

선-발이었다.

다만 그것은 선-발이 아니었다. 그녀의 얼굴은 서서히 뒤틀리면서 바뀌었다. 비어스는 그것이 무엇인지 확실히 알 수 있었다.

스크럴이구나. 데이가 말했던 다른 한 놈이었어.

"선-발. 스크럴?" 비어스는 거의 알아들을 수 없을 정도로 중얼거렸다.

"아니." 미네-르바가 스크럴에게 다가가며 말했다. 스크럴은 숨이 끊어진 상태였다. "선-발이 아니야. 진짜 선-발은 죽었어. 이 자식이 죽였지."

아틀-라스가 해치에서 뛰어와 비어스의 옆에 무릎을 꿇고 앉았다. "화물선으로 돌아오는 길에 선-발의 시체를 발견했어. 선-발은 그녀를 죽인 저 스크럴에게 끌려갔던 것이 틀림없어."

"너를 죽이고 설계도를 가져가려 했을 거야." 욘-로그가 말했다. "정말 설계도를 갖고 왔겠지?"

비어스는 유니폼 안으로 손을 넣어 데이터 캡슐이 달린 은색 체인을 목에서 빼고는 욘-로그의 손에 떨어뜨렸다. "바로 여기에 설계도가 있어요." 그녀가 말했다. 비어스는 거의 초인적인 힘으로 일어나 배로 향했다. 그녀는 기절하지 않으려 애쓰면서 한 걸음 한 걸음 발을 내디뎠다.

CHAPTER 37

비어스는 화물선 엔진의 거대한 굉음 때문에 눈을 떴다. 그
녀는 잠시 자신의 움직임이 두 개의 천으로 제한되어 있다는
사실을 잊은 채 일어나 앉으려고 애썼다. 하나는 가슴을, 또 다
른 하나는 다리를 압박하고 있었다. 그녀는 오른쪽 다리를 내
려다보았다. 다리는 젤처럼 생긴 케이스에 고정되어 있었다.

"일어나려고 애쓰지 마." 미네-르바가 화물선의 자동 조종 장
치를 지켜보며 돌아다니다가 비어스를 보며 말했다. 이제 선-
발은 없지만 다행히 집으로 향하는 길은 이곳으로 올 때보다
는 훨씬 순탄해 보였다. 재능 있는 조종사를 잃는다는 것은 팀
으로서는 큰 손실이었다. 특히 욘-로그에게는 더더욱 그러했다.
하지만 전형적인 크리의 전사에게는 임무를 완수하는 것이 먼
저였다. 감정은 나중이었다. "넌 피를 너무 많이 흘렸어. 다리가
엉망이야."

"하지만 계속 달고 있을 순 있겠지, 안 그래?" 비어스는 미소를 지으려 애쓰며 말했다.

"뭐, 그렇겠지. 웃지는 마. 토할 것 같으니까." 미네-르바가 말했다. "넌 괜찮을 거야. 그나저나 임무는 괜찮았어." 그녀는 마지못해 덧붙였다. "잘 해냈어."

"너도 마찬가지야." 비어스가 말했다. 목이 칼칼했다.

"뭘 기대했던 거야?" 미네-르바는 어깨를 으쓱하고는 이렇게 대답했다. 그리고 다시 조종석을 향해 걸어갔다.

"잘 집중했어."

윤-로그.

"사령관님." 비어스가 가벼운 톤으로 대화를 시작하려고 노력하며 말했다.

"다리는 어때?"

"더한 일도 겪었는데요."

"좀 쉬어. 크리에 도착하면 곧바로 의료 기지로 가게 될 거야."

"사령관님." 비어스가 그의 소매를 잡아당기며 말했다. "로만데이와 함께 있을 때 그가 뭔가 얘기를 했어요. 임무에 관해서요."

"잔다르인을 믿으면 안 된다는 걸 알잖나. 그들이 하는 말도 믿어서는 안 되고."

"그는 왜 제가 이 작전에 뽑혔는지 말해주려고 했어요. 왜 기지에 들어가는 임무를 맡게 되었는지 말이에요."

"그가 진실을 말했다고 생각하나?"

비어스는 말이 없었다. "잘 모르겠어요." 그녀가 대답했다.

"그게 중요한가?"

욘-로그는 이렇게 말하고는 일어나 그녀를 남겨두고 떠났다. 비어스는 생각에 잠겼다.

그럼요. 중요하고말고요.